L'ABEILLE

du Nord,

POÉTIQUE ET LITTÉRAIRE.

DUNKERQUE,

Chez Vanwormhoudt, Imprimeur du Roi,
rue de l'Église, N° 20.

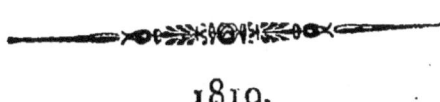

1819.

AVANT-PROPOS.

On a souvent critiqué l'usage des préfaces, des intro-
ductions, des avant-propos, comme une dépense inutile
d'esprit ; mais combien d'écrivains auraient tort d'avoir égard
à ces observations, en renonçant à mettre en tête de leurs
ouvrages ces *avis au public* qu'on attrape toujours, et ces
notes pour l'intelligence du lecteur souvent trop peu intelli-
gent pour rien comprendre aux choses obscures et entortil-
lées qu'on lui met sous les yeux.

Les Éditeurs de *L'Abeille du Nord* se garderont bien de ne
pas se conformer *au vieil usage*, et de laisser échapper l'occasion de faire ressortir les avantages du plan qu'ils ont
adopté pour leur recueil et sa supériorité sur celui du Petit
Couvert de Momus, reconnu en plusieurs points vicieux.
En effet, les membres de cette société en ne publiant que
leurs propres œuvres ou celles de leurs correspondans,
semblaient vouloir s'appliquer ce vers des femmes savantes :

et nul n'aura d'esprit hors nous et nos amis ;

en même tems qu'on pouvait leur faire le juste reproche de
n'écrire que pour une classe de lecteurs, et de trop sacrifier
à la localité, au préjudice des abonnés *extrà muros :* mais
sans chercher à justifier ce défaut, il suffira de faire remarquer que le titre de *Petit Couvert de Momus* le rendait

inévitable en entraînant les auteurs de ce recueil au desir de se servir de la marotte. Peut-être en ont-ils joué quelquefois avec une heureuse précision ; mais pourquoi chatouiller de certaines oreilles ? Pourquoi saisir les ridicules de certaines gens, naturellement susceptibles comme tous les enfans de la sottise ? Pourquoi lancer des épigrammes dans lesquelles chacun croit se reconnaître, quoique la plûpart soient générales et indirectes ? En un mot, pourquoi cette guerre aux sots, guerre imprudente et qui vous met immédiatement en présence des deux tiers de la population ;

car les sots ici bas sont en majorité.

Il y a donc plus de malice que de réflexion, de vaillance que de sagesse à les combattre ; on ne peut parler d'une coquette que vingt femmes ne soient à l'instant furieuses ; d'un bossu que tous ne vous tournent le dos. La satire rend le commerce des hommes difficile.

Les Éditeurs de *L'Abeille du Nord* ont senti la nécessité de suivre une marche plus variée et plus générale. Leur recueil, ouvert à toutes les productions distinguées mais étrangères au domaine de la politique et de la religion, promet d'occuper une place agréable dans la littérature ; mais pour que le succès en soit plus rapide et plus certain, les Éditeurs renouvellent ici leur appel aux hommes de lettres du département du Nord, qui s'empresseront sans doute de protéger une entreprise qui tend à prouver que tout l'esprit de la France n'est pas renfermé dans le sein de la capitale.

L'Abeille du Nord,
Poétique et Littéraire.

RECHERCHES HISTORIQUES
SUR LA MUSIQUE.

(Premier article.)

QUE messieurs les compositeurs ou exécutans n'aillent pas tirer, de conséquences en conséquences, une vérité trop grande lorsque je leur dirai que la musique est la première science connue; (*) du moins c'est l'opinion de Thalès, Pythagore et Platon. Ces trois grands hommes l'appelaient la réunion de toutes les perfections imaginables. De nos jours la musique ne jouit pas d'une réputation aussi distinguée, quoiqu'elle soit incomparablement plus harmonieuse que du tems des Grecs et des Romains. On me demandera pourquoi j'avance ce paradoxe. C'est que, d'une part, les fragmens qui nous restent annoncent que la musique, harmonieuse pour les Anciens, le serait fort peu pour nous; qu'on ne se servait de cet art que pour les marches guerrières, triomphales ou funèbres, et que les seuls instrumens, inventés alors pour en rendre l'expression, présenteraient bien peu de ressources à nos compositeurs actuels. Les instrumens n'ont pris de développement qu'en raison des progrès de la science; d'où l'on peut tirer cette conséquence : qu'à la vue des instrumens on peut juger du degré de perfection de la musique.

Sans vouloir me perdre dans la nuit des tems, je dirai que

(*) Afin de n'être pas chicané sur ceci que j'appelle la musique une SCIENCE, quoique de nos jours on la classe dans la section des beaux-arts, j'observerai en passant que plus de douze cents auteurs ont écrit sur ce sujet, et que tous se servent de ce terme à son égard.

les Égyptiens, les Chaldéens et les Phéniciens disputent à la Grèce l'honneur d'avoir écrit les premiers la musique. Diodore de Sicile reconnaît Orphée comme le premier qui ait charmé les oreilles par les doux accords de son luth et de sa voix. Amphion parut longtems après lui, et les poëtes lyriques qui inventèrent les hymnes et les cantiques sont Lin, Musée et Alcée. Le poëte Terpandre vint ensuite, il perfectionna la musique et contribua beaucoup à adoucir, par des modulations naturelles, la rusticité du chant de la première antiquité. C'est en raison du charme que procuraient ces musiciens, qu'on les révérait comme des prophètes ou des demi-Dieux; l'or leur arrivait de toutes parts, aussi regorgeaient-ils de richesses. Les tems sont bien changés.

Mercure que les Grecs avaient divinisé, est reconnu pour le créateur des sciences et des arts, et du premier système de musique l'an 2115 du monde. Pythagore fut inventeur d'un second système de musique que je ne comparerai pas avec le précédent, parceque je n'amuserais pas mes lecteurs; ils sauront seulement qu'au moyen des mathématiques que J. J. Rousseau a employées de nos jours, il forma un instrument appelé *monochorde* qui servait à trouver des proportions comparatives de la musique. Bientôt après on vit des lyres en forme de dos de tortue, à 4, 5, 6, 7 et 8 cordes; cette 8me, appelée l'*ajoutée*, fut trouvée par Symonide. Les Grecs, joyeux de tant de découvertes heureuses, croyaient avoir raisonné la musique au *nec plus ultra*; mais un nommé Olympe parut dans Athènes l'an 3600 du monde, et fit entendre combien ils étaient loin de la perfection.

La musique que l'on exécutait alors dans les intermèdes de spectacle devait être bien monotone, malgré les récits merveilleux que les auteurs nous ont laissés sur ses effets, puisque l'on ne connaissait point les *demi-tons* ni le mode *mineur*. Olympe les leur enseigna, quoiqu'imparfaitement encore, et créa un troisième système de musique.

Ces trois systèmes donnèrent naissance à une infinité de caractères propres à écrire les pensées harmoniques; on eut des figures courbes, des lettres couchées, et des notes au nombre de plus de douze cents ; ce qui devait être fort difficile à apprendre. La musique resta dans cet état jusqu'en l'an 3714 du monde. A cette époque les latins réduisirent la musique à 15 notes qu'ils désignèrent par des lettres alphabétiques, et qui prirent le nom de *gamme*, par rapport au *gamma* des Grecs.

Le savant Boële perfectionna la gamme à son retour d'Athènes l'an 502 de Jésus-Christ, et plus tard le Pape Saint Grégoire Le Grand, le plus érudit et le plus savant musicien de son tems, la réduisit à 7 notes, et introduisit la musique pendant la sainte messe. En l'an 660 le Pape Vitalien institua les orgues, et le premier composa les hymnes latines religieuses. Saint Anathase évêque d'Alexandrie (qui nécessairement doit être regardé comme l'ennemi déclaré de Sainte Cécile) défendit dans son diocèse l'exercice de la musique ; plusieurs évêques l'imitèrent, pour cette raison : *Qu'on écoutait plus volontiers la symphonie que les paroles de Dieu.* (*) Mais elle reparut plus florissante que jamais sous le pontificat de Léon X en l'an 1550. »

En ce tems, c'est-à-dire sous François Premier, la musique en France était loin d'être à la hauteur de celle des italiens, et même des allemands. En 1656 Metru composa une méthode qui, bien que méprisée par les italiens, n'en fut pas moins regardée comme excellente par les contemporains. Enfin, Lully vint et fut à la musique française ce que Malherbe est à la poésie. Depuis Lully, la musique a fait de grands progrès ; mais Haydn, Mozart et Paësiello l'ont portée à un si grand degré de perfection qu'il sera bien difficile de le dépasser.

Dans un prochain article je parlerai de la voix, de l'origine des instrumens, de leurs effets et du rapport qu'ont ceux des anciens avec les modernes. »

(*) On devrait donc empêcher aujourd'hui les dames de se mettre en toilette pour aller à l'église, comme détournant du service divin toutes les attentions, tant de la part des hommes que de celle des femmes mêmes

AUX MANES DE MILLEVOYE.

LA MORT DU JEUNE POÈTE.

ÉLÉGIE.

E<small>MPORTÉ</small> sur le char du jour,
Le soleil avait fui dans l'onde ;
Ses feux n'éclairaient plus le monde ;
L'oiseau ne chantait plus l'amour :
Tout reposait dans la nature.
Seul, écarté loin du hameau,
Le jeune et faible Alcimadure,
Déjà penché vers le tombeau,
Soupirait auprès du ruisseau,
Et mêlait sa plainte au murmure
Des vents, du feuillage et de l'eau.

« Ruisseau que chérit mon jeune âge,
« Adieu. Je ne te verrai plus :
« Adieu. Sur mes yeux abattus
« De la mort s'étend le nuage.
« Hélas ! à peine à mon printems,
« Je vois s'évanouir ma vie ;
« La clarté des cieux m'est ravie ;
« Je meurs à la fleur de mes ans.
« Naguère un aimable délire
« Agitait mon âme et mes sens,
« L'Amour avait monté ma lyre ;
« Apollon, par un doux sourire,
« Applaudissait à mes accens :
« Aujourd'hui triste, solitaire,
« Je succombe au mal, à l'ennui ;
« Loin de moi les Amours ont fui,
« Et mon nom, perdu sur la terre,
« Est en proie au muet oubli.
« Dieu des vers, où sont tes promesses ?
« Toujours comblé de tes largesses,
« Je devais vivre en l'avenir,

(*) L<small>A</small> C<small>HUTE DES</small> F<small>EUILLES</small>, élégie charmante de Millevoye, m'a
donné l'idée de celle-ci ; il était juste que je lui en fisse hommage.

« Et, du fougueux chantre d'Achille
« Suivant la trace difficile,
« Laisser un brillant souvenir ;
« Et je meurs !. . . et, dans la carrière
« Que je brûlais de parcourir,
« La mort vient poser la barrière !. . .
« Et tout me dit : Il faut mourir !. . .

« O lyre ! désormais muette,
« Sous les doigts du jeune poëte
« Ne naîtront plus tes doux accords ;
« Aux sombres cyprès suspendue,
« Je t'abandonne détendue,
« Plaintive compagne des morts.
« Ah ! si ton jeune ami succombe,
« Ah ! du moins veille sur sa tombe,
« Garde-la d'un lâche abandon,
« Et, si quelque fils d'Apollon
« Mélancolique, l'âme émue,
« Un jour errait dans ce vallon,
« Sur ma pierre arrête sa vue :
« Qu'il y vienne se recueillir
« Et déposer un doux soupir. »

Il a dit, et vers sa demeure
Il s'achemine tristement.
Le lendemain, à la même heure,
Pâle, il gissait sans mouvement.

Sur le tertre on posa sa lyre ;
Mais l'ami des vers n'y vint pas,
Dans un religieux délire,
Soupirer l'hymne du trépas,
Et, sur sa tombe délaissée,
Il n'imprima jamais ses pas
Et n'égara point sa pensée.

O toi, dont le tableau touchant
De la pâle feuille qui tombe
Et du jeune amant qui succombe,
M'inspira ce douloureux chant,
Millevoye, aimable poëte,
Que la France entière regrette
Et que pleure encore Apollon,
Du malheureux Alcimadure
Ne crains pas l'indigne abandon.
L'amitié, dont ton âme pure
A goûté les charmes flatteurs,

Sur ta tombe a jeté des fleurs ;
Et du fond de ton mausolée,
Ton ombre, un instant consolée,
Des tristes amants des neuf sœurs
A vu la foule désolée
T'apporter un tribut de pleurs.

LELEUX.

VERS

à une demoiselle qui avait défendu à l'auteur l'usage du tabac comme inutile.

Vous dont l'arrêt impitoyable
Aujourd'hui cause ma douleur,
Sachez la perte irréparable
Que je dois à votre rigueur.

J'avais privé mon nez de nourriture
(Que j'avais tort de croire à vos discours !)
Mon nez souffrait une diète assez dure,
Et la souffrait depuis deux ou trois jours,
Le quatrième, il tombe en éthisie,
Et le cinquième il est à l'agonie.
Quel désespoir ! que de pleurs répandus !
Des gens de l'art on mande une escouade.
Vous pensez bien qu'alors c'était fait du malade,
Et qu'on pouvait le mettre au rang des nez perdus.
Je fais donc ce qu'on fait en affaire pareille ;
    J'appelle un gros nez confesseur ;
On se parle, et vraiment c'était une merveille
Que de voir ces deux nez converser à l'oreille
    Et des péchés et du pécheur.
Enfin, mon pauvre nez (Dieu veuille avoir son âme !)
Expira lentement par l'arrêt d'une dame.
Il est vrai qu'à l'enterrement
Tous les nez du canton sont en cérémonie
Venus me témoigner leur triste étonnement
De voir si jeune encor mon pauvre nez sans vie ;
Il est vrai que plusieurs pleuraient très chaudement ;
Qu'un d'entr'eux, bel esprit, chef d'une académie,
Débita sur sa tombe un éloge charmant ;
    Plein de finesse et de génie ;

Mais vivre sans son nez est-ce contentement?
Aussi, dès que je vois le lever de l'aurore,
Je demande mon nez aux échos d'alentour;
Et quand l'ombre du soir vient remplacer le jour,
Ma voix, ma triste voix le leur demande encore.

Ah! si l'on pouvait à son gré
Échanger son nez contre un autre,
Puisque par votre arrêt le mien est enterré,
Je vous demanderais le vôtre!
Contre ce nez charmant, façonné par l'amour,
J'en voudrais vainement donner un en retour;
Mais ce soin serait inutile:
En vous voyant vous dessaisir
De ce petit objet mobile,
Chacun irait vous en offrir;
Au lieu d'un vous en auriez mille.

LA TULIPE, LA ROSE, LA VIOLETTE ET LES FLEURS.

FABLE.

Dans un triste parterre où de jalouses fleurs
Laissaient vivre à l'écart une rose indigène,
Paraît une tulipe aux brillantes couleurs,
On la voit, on l'admire, on la proclame reine.
« Quel port majestueux! quel tendre velouté!
« Quelle élégance! quelle grâce!
« Nous pouvons dire en vérité
« Que notre souveraine efface
« Et le lis en noblesse et la rose en beauté. »
Tels étaient les discours de la troupe légère.
La reine était une étrangère:
Ce titre chez les végétaux,
Comme chez certains animaux,
Est un titre assuré pour séduire et pour plaire.
La tulipe leur plut.... pendant quelques instans.
C'était beaucoup; mais au bout de ce tems,
En l'examinant mieux, on la trouve inodore;
Son port majestueux n'est que de la roideur;
Son tendre velouté n'a plus tant de fraîcheur;
On dit ses vrais défauts, l'on en suppose encore.

La violette du canton,
Qui de quelque bon sens parut toujours douée,
Voyant qu'alors ses sœurs dénigraient sans raison
La tulipe autrefois sans raison trop louée,
  Se mit à parler sur ce ton :
   « Pauvres sottes que nous sommes,
   « Nous blâmons toujours les hommes
  « De leur ridicule engouement
  « Pour des singes ou des poupées ;
  « Mais de ce fol aveuglement
  «:Comme eux nous sommes bien frappées :
« Si ce qui vient de loin seul pour eux est charmant,
« Nous partageons ce goût ; si nulle expérience
  « Ne les rend moins admirateurs,
  « Par notre heureuse confiance
« Nous retombons toujours dans les mêmes erreurs.
« Dès ce jour, s'il se peut, montrons plus de sagesse ;
« Tâchons de prononcer sans faveur, sans courroux,
  « Et, pour ne pas faillir sans cesse,
  « Tâchons de choisir parmi nous.
  « D'ici je vois une rose ignorée ;
  « Sous un buisson tristement retirée.
  « Pourquoi ne pas nous soumettre à ses lois ?
« Peut-être son parfum vaut-il celui d'une autre ;
« Sans doute sa beauté l'emporte sur la nôtre :
« Nous n'aurons pas, je pense, à rougir de ce choix. »
Elle dit, et soudain ses compagnes volages
A la rose ont déjà décerné le pouvoir ;
Mais la rose, trompant leur orgueilleux espoir,
Rebuta sèchement leurs flétrissants hommages.
  Eh ! qui pourrait avec plaisir
  Prendre une banale couronne !
  Lorsque le caprice la donne,
  Le caprice peut la ravir.

On trouve en tout pays des sots et des caillettes
  Assez semblables à mes fleurs ;
De suite amis zélés, intrépides prôneurs
  De tous les discurs de sornettes
  Qui parfois leur viennent d'ailleurs ;
  Mais où trouver des violettes ?

    B . . . de Bruxelles,
  Membres de plusieurs associations littéraires.

LE PÈRE MOURANT.

CONTE.

Un père avait deux fils bien différents entr'eux.
Autant qu'il m'en souvient, chez l'un qu'on nommait Pierre,
L'esprit et le savoir par un accord heureux
S'efforçaient d'embellir un charmant caractère ;
La nature et l'étude avaient en le formant,
Su faire d'un brave homme un homme de talent.
L'autre était un butor et de plus une bête ;
On n'avait jamais pu rien fourrer dans sa tête ;
Quand il devait dire oui souvent il disait non ;
C'est beaucoup s'il savait lire et tracer son nom.

Le père, cependant, voyant sa fin prochaine,
Un matin devant lui les fait tous deux venir.
—Mon cher Pierre, dit-il, je t'annonce avec peine
Que je vais te quitter, car je me sens mourir ;
Mais par ce testament, qu'à lire je te donne,
Tu verras qu'en entier, à toi seul j'abandonne,
Aussitôt mon décès, la masse de mon bien.
—O ciel ! y pensez-vous, mon trop généreux père !
Je ne vous comprends pas, quoi ! vous frustrez mon frère !..
Quoi ! vous me donnez tout et ne lui donnez rien ?
—Écoute-moi, mon fils, et pèse ma justice :
Le mérite et l'esprit n'ont aucune valeur ;
Le talent meurt de faim s'il n'encense le vice ;
Pour parvenir ainsi je te crois trop de cœur ;
C'est pourquoi je désire assurer ta carrière,
Et te mettre à l'abri de l'affreuse misère ;
Avec tout ton savoir tu mendierais demain ;
Mais ton frère est un sot, il fera son chemin.

VICTOR SIMON.

A M*** Connaisseur . . . comme tant d'autres.

Vous qui parlez de tout, mais à tort à travers,
D'un indulgent ami que le conseil vous touche :
Quand vous voudrez parler ou de prose ou de vers,
De grâce fermez la bouche.

****

TRADUCTION
d'un passage de l'Iliade.

Comme un nuage épais que d'une roche altière
Un berger voit de loin venir vers l'onde amère;
Là terreur le précède, et le trépas le suit;
Formidable, il s'avance aussi noir que la nuit;
Il vole sur les vents, et dans ses flancs rapides
Il roule avec fracas les foudres homicides;
Le berger sur la roche est saisi de frayeur;
Il fait d'un pied léger l'orage destructeur,
Et conduit ses troupeaux dans un antre sauvage :
Tels avec les Ajax marchaient vers le carnage
Les sombres bataillons de ces jeunes guerriers,
De piques hérissés, couverts de boucliers.

Atride avec transport voit leurs chefs intrépides,
Et leur dit en courant ces paroles rapides :
« Indomptables Ajax, ce n'est point par des mots
« Qu'il vous faut allumer le feu de vos héros;
« Votre bras leur enseigne à forcer les murailles,
« Et leur trace une route au milieu des batailles.
« Que les Dieux immortels accordent à mes vœux
« Et des chefs tels que vous et des guerriers comme eux !
« Et la superbe Troie, au gré de ma colère,
« Bientôt inclinera ses tours dans la poussière. »

H.

BEAUX-ARTS.
PEINTURE.

Notice sur une magnifique copie de la communion de Saint Jérôme du Dominiquin, par Ribera 1er peintre du Roi d'Espagne.

Tous les amateurs savent que les trois tableaux qui tiennent le 1ᵉʳ rang dans les fastes de la peinture sont :

LA DESCENTE DE CROIX, de Daniel de Volterre ;
LA TRANSFIGURATION, de Raphaël ;
LA COMMUNION DE Sᵗ JÉRÔME, du Dominiquin.

La France par droit de conquête a possédé pendant un certain nombre d'années les plus beaux tableaux qui ornassent les différentes cours de l'Europe. La précieuse collection de l'ancien muséum ne se reverra plus. Les chefs-d'œuvre arrivés de toutes parts pour en former l'inimitable ensemble, ont été restitués aux Souverains et aux riches particuliers auxquels ils appartenaient ; ainsi, la plus grande partie des français ne seront pas appelés à connaître les beautés immortelles enfantées par les Raphaël, les Dominiquin, les Michel Ange etc. etc. Tout ce qui peut consoler les arts d'une perte aussi sensible, ce sont les excellentes copies que les peintres modernes ont faites des tableaux anciens.

Les cours étrangères espéraient si peu revoir ce que la force de nos armes leur avait ravi, que chacune d'elles envoyait, à titre de récompense, ses artistes distingués au muséum de Paris, afin d'exécuter des *copies* assez fidelles pour remplacer, en quelque sorte, les originaux qu'elles croyaient avoir perdus sans retour.

C'est à ce titre que Sa Majesté le feu Roi d'Espagne Charles iv envoya en 1807 M. Ribera son peintre, pour prendre, dans la même dimension, la copie *du Sᵗ Jérôme* du Dominiquin. Les événemens changèrent ; en 1808 le Roi Charles iv fut détrôné par Bonaparte, et prisonnier en France. M. Ribera acheva néanmoins son tableau ; mais le traitement annuel qui lui avait été accordé par ce Prince n'étant plus payé, étranger, sans appui, il fut obligé par besoin, de vendre bien au-dessous de sa valeur ce qui devait lui procurer une heureuse existence et mettre le sceau à sa réputation déjà fort étendue.

Cette magnifique copie appartenait à un Particulier de cette ville, mort il y a plusieurs années ; les héritiers ne pouvant se défaire avantageusement d'un tableau d'une si grande dimension , (*) il resta ignoré dans un grenier jusqu'à ce jour. Il y serait encore si une société d'amis des arts ne l'avait acheté, moins par spéculation , que guidée par l'amour du vrai beau. Comme un tableau ne peut point appartenir à plusieurs personnes , il est mis en vente et sera, dans le local de la bourse à Dunkerque, exposé incessamment aux regards des amateurs.

Dans notre prochain numéro , nous ferons connaître les conditions avantageuses qu'on propose, soit aux églises, soit aux particuliers qui voudraient en faire l'acquisition.

VARIÉTÉS.

Nous supprimons de ce recueil les énigmes, charades et logogriphes, au risque de déplaire à certaines gens qui attachent beaucoup d'importance à surmonter ces innocentes difficultés; cependant, nous n'excluons pas ces jeux d'esprit ou de calcul qui peuvent tourner à l'avantage du jugement. Le problème suivant, que nous proposons , est , sans contredit, parfait sous ce rapport. Quoiqu'il semble impossible de le résoudre , nous en garantissons l'exactitude ; il est naturel et ne renferme aucune supercherie.

Problême.

Un père meurt et ne laisse à ses *vingt* enfants qu'un *sou* pour tout héritage. On demande comment on donnera à chacun d'eux la part qui lui revient en *monnaie française ayant cours légal aujourd'hui.*

Dans notre prochain numéro, nous en donnerons la solution.

(*) 14 pieds de hauteur sur 4 1/2 de largeur.

LITTÉRATURE.

» La quantité des connaissances, la singularité des faits,
» la nouveauté même des découvertes ne sont pas de sûrs
» garants de l'immortalité. » Tel est l'arrêt prononcé par un
des premiers écrivains de la France, dont les ouvrages ne
passeront à la postérité que parcequ'ils sont bien écrits.
C'est aussi l'opinion de tous les littérateurs; et tandis que la
foule explique la cause du succès des livres par leur utilité
ou d'autres motifs, ils ne l'attribuent qu'à l'effet du style.

J'entends par style les idées et la manière de les rendre.
Un homme doué d'un vaste génie et dépourvu de goût, ne
peut faire des ouvrages durables; un autre sans génie et d'un
goût exquis, ne s'élèvera qu'aux imitations, et les imitations
ne font pas un écrivain. Ainsi ces deux qualités, le goût et
le génie, insuffisantes séparément, produisent d'heureux
fruits quand elles sont réunies.

Il est des personnes que la nature a douées de quelque
jugement, de quelque finesse dans l'esprit; elles aperçoivent
les objets qui les entourent sous d'autres rapports que le
commun des hommes. Ces objets font sur elles des sensations
plus profondes; une organisation meilleure les rend capables
de plus d'idées, de raisonnemens plus suivis que la foule;
elles sont plus transportées du spectacle de la nature, plus
émues à la vue d'un chef-d'œuvre, plus sensibles aux beautés
des arts; mais ce que le hasard leur a accordé, ce don de
mieux sentir, nécessaire à l'écrivain, n'est pas tout l'écrivain.
Si des études premières, si des lectures choisies, n'ont développé leurs avantages naturels et guidé leurs pas, ces personnes, en même temps que leur jugement mûrit, restent
dans une éternelle enfance pour en énoncer les résultats.

Il n'est donc point de plus fausse règle pour juger un
homme que de lui faire subir l'examen d'une conversation.

La véritable éloquence suppose le génie et la culture de l'esprit ; il ne faut pas l'assimiler à cette facilité de parler, qui est le partage de tous ceux dont les passions sont vives, les organes souples, et l'imagination rapide. Ces hommes, promptement affectés, le marquent fortement au dehors ; et par une impression mécanique, ils transmettent leur enthousiasme et leurs affections. C'est le corps qui parle au corps ; et c'est cependant sur ce langage que sont élevées bien des réputations ; des gestes, des mots neufs, la véhémence en ont fait tous les frais : mais le juge dont la tête est inébranlable, le goût exquis, ne se laisse ni éblouir par les gestes, ni étourdir par de vains sons ; il veut des pensées, et des pensées heureusement exprimées ; il les attend et diffère son approbation jusqu'à ce qu'elles viennent ou toucher son cœur ou réveiller son esprit.

Malheureusement ces juges sont aussi rares que les bons écrivains à juger ; et lorsqu'il s'en rencontre un ou deux sur vingt mille personnes ; leur influence est nulle, parceque leur langue est inintelligible pour ceux qui les entourent ; elle n'est intelligible que pour les hommes doués du même tact, capables de recevoir les idées dont ils sont eux-mêmes susceptibles, mais qui trop souvent les repoussent par indifférence ou les combattent par rivalité.

Cependant la multitude ignorante rend à son insçu et malgré sa volonté la justice qu'elle refuse ouvertement. Elle ne peut se mentir à elle-même le plaisir dont elle jouit en lisant les bons ouvrages, ni l'ennui qu'elle éprouve en lisant les mauvais, et ce sentiment commandé est la punition de l'incapacité et la récompense du mérite, à moins, toutefois, qu'on ne veuille, comme j'en ai été souvent témoin, interpréter l'ennui en faveur de l'ouvrage ; tant le nom de l'auteur exerçait encore son autorité, lors même qu'il devait la perdre ! tant l'engouement rougit d'avouer qu'il a pu faillir !

Si les hommes, dupes de leurs premières impressions et désabusés de leurs erreurs, en profitaient pour rectifier leur jugement, ces leçons auraient pour eux l'utilité d'un cours

de sagacité; mais leurs chûtes ne font que leur en préparer
d'autres. Que de vers, que de morceaux de prose inédits
n'ai-je pas entendu exalter par des louanges outrées ! Ils
paraissaient au jour ; et l'on trouvait enfin que leur mérite
était d'avoir été ignorés jusque-là.

D'où naît donc cette erreur perpétuée ? de l'opinion partout reçue, que l'homme qui parle bien écrit bien. D'abord,
la conversation n'exige point de plan, et le moindre opus-
cule doit en avoir; dans la conversation, on peut accumuler
des mots brillants, hasarder de fausses figures, jeter au
hasard des traits irréguliers ; et le style n'admet que des
pensées justes, une marche méthodique et des images naturelles. On ne juge jamais l'ensemble d'une conversation,
on n'en saisit que les détails ; on juge et l'ensemble et les
détails d'un ouvrage. Une pensée triviale, exprimée trivia-
lement mais d'un ton capable, paraît neuve dans la conversation ; dans le style, elle est toujours ce qu'elle est réellement. Voilà ce qui cause cette différence étonnante entre
le jargon séduisant de quelques hommes du monde, et leurs
lettres.

Une autre cause prolonge cet aveuglement. Cet homme
a du savoir ; donc il doit bien écrire. C'est ce que nos aris-
ristarques disent tous les jours sinon positivement au moins
par des détours qui aboutissent à cette conclusion, et cependant jamais raisonnement ne fut plus erroné. Il y a plus;
la multitude des connaissances devrait faire mal présumer
du style. Il est rare que les études laborieuses et prolongées
n'altèrent le feu de l'imagination et n'émoussent la délicatesse du goût. Les exemples en sont fréquents ; tout le monde
connaît ces deux vers de Mallebranche :

Il fait en ce beau jour le plus beau tems du monde,
Pour aller à cheval sur la terre et sur l'onde.

Voltaire, frappé du ridicule de ces vers, ne veut pas qu'ils
soient de ce métaphysicien ; mais pourquoi ne les aurait-ils
pas faits ? Celui qui ne s'est jamais servi d'une langue que
pour développer des raisonnemens abstraits, que pour émettre

les aperçus de son intelligence, n'en a guère étudié les richesses, ni recherché les beautés. Il les méprise au contraire
comme des biens superflus, inutiles à la science qui pour
lui l'emporte sur tous les beaux arts; et ce mépris voile ou
cause en lui l'absence du sentiment du beau idéal. Or, si par
l'effet de l'orgueil humain il s'avise de prouver que la poésie
aurait également ajouté des fleurons à sa couronne s'il l'eût
cultivée, inhabile à faire jouer les ressorts à mouvoir pour
obtenir quelque résultat, il fait des lignes d'autant de syllabes terminées par une rime, et les nomme et les croit des
vers. Il ne faut pas d'ailleurs en exiger des expressions poétiques, d'heureuses hardiesses ou d'autres qualités dont le
mérite doit être senti et non analysé; il répondrait : Je ne
veux pas employer ces mots; car qu'est-ce qu'ils *prouvent?*

Supposons maintenant que cet homme, au lieu d'avoir
occupé ses loisirs à des recherches sur les sciences exactes,
ait consacré tous ses instants à faire ce qu'on appelle de
bonnes études; son érudition ne doit pas faire naître de pré-
somptions en faveur de son style. Que de fois n'avons-nous
pas vu les meilleurs sujets des collèges n'en sortir qu'avec
les grâces pédantesques de citateurs empesés, et riches des
beautés de faux goût transmises de cuistre en cuistre sur les
bancs des classes ! Un siècle entier de notre littérature a été
infecté de ce genre prétentieux et orgueilleux; et certes ce
siècle n'a pas été celui des grands écrivains; il n'a été que la
sombre aurore d'un beau jour. C'est ce siècle qui a publié
les auteurs grecs et latins avec des commentaires qui sur-
chargeaient le texte sans en découvrir les beautés; c'est ce
siècle qui a vu les savants montés sur des échasses, d'où ils
n'écrivaient que pour la canaille *déclinante* et *conjugante*,
d'où ils pouvaient juger sans goût et sans crainte parcequ'ils
hérissaient adroitement leurs niaiseries d'une élocution barbare, enflée et inintelligible. Ils ont encore des successeurs
qui, comme eux, prennent le gigantesque et l'affectation
pour du naturel, les grossières injures pour du sel attique,
et ressemblent à des oies grasses qui veulent voler.

Et cependant, nous le répétons, c'est la judicieuse répartition des ornemens, le choix éclairé des expressions, l'harmonie des mots, et la justesse des pensées qui seuls font goûter les ouvrages. Qu'on homme écrive pour l'intérêt de sa patrie, pour le progrès des sciences, pour la cause des mœurs, que servent ses veilles et ses travaux, s'il n'a pas le talent de fixer l'attention et de gagner les esprits? Que servent la profondeur des maximes, la philantrophie des vues, la bonté même d'une cause, si l'on est obligé de s'indisposer contre l'écrivain dès la première page, et d'abandonner l'écrit illisible? Voilà ce que devrait penser quiconque est prêt à publier ses productions. Si quelque homme non lettré doit à une perspicacité naturelle des aperçus utiles ou agréables, il peut les communiquer à celui dont la plume exercée les fera valoir; mais s'il a la ridicule prétention de les présenter revêtus du coloris qu'il leur a donné lui-même, il court au-devant d'une chûte honteuse. Est-il possible d'en douter, en considérant la vogue continuelle de quelques livres parsemés d'erreurs, et l'entier oubli où végètent les réfutations très-solides de ces mêmes livres? Les paradoxes de Rousseau, et ceux de Bernardin de Saint Pierre, avancés par un écrivain vulgaire, auraient-ils excité le moindre bruit dans la république des lettres? Auraient-ils remué tous les cœurs, exalté toutes les têtes? Mais, ornés de tout ce que le style a de magie et l'éloquence de charme, ils vivront tant qu'il y aura des êtres sensibles et bien organisés.

Ce n'est point qu'il faille à tous les ouvrages le mérite littéraire des *Études de la nature* ou de l'*Émile*; ce serait exiger de tous nos auteurs actuels une tâche difficile à remplir; mais on peut du moins se plaindre d'en voir quelques-uns tenter une carrière épineuse sans avoir calculé les obstacles à surmonter, et de les entendre professer de nouvelles règles pour excuser leur nouvelle manière d'écrire, ou donner aux choses des noms inconvenants; à la basse familiarité celui de léger badinage, à l'enflure celui de sublime, à la pesante érudition celui de gracieux enjouement. Il est vrai

qu'ils n'abusent qu'eux-mêmes ; et, quoi qu'ils pensent de
leur mérite prétendu, quoi qu'ils disent de leurs succès
ignorés, les produits sans couleur de leurs efforts inutiles
n'en iront pas moins grossir le tas toujours croissant des brochures éphémères du siècle.

Y.

PHILOLOGIE.

ORIGINE, USAGE ET PROPRIÉTÉS DU TABAC.

Dans un moment où toutes les attentions ont été fixées
sur le monopole du tabac, il nous a paru piquant de rechercher ce que les nombreux écrivains ont dit de cette plante
devenue aujourd'hui l'un des plus pressans besoins de
l'homme.

Une remarque générale a été faite : que plus la génération
humaine s'est affaiblie, plus elle a été avide de ce qui pouvait exciter ou irriter ses sens. Les anciens, qui ont été plus
loin que nous en tous genres de célébrité, puisque nous sommes réduits chaque jour à les copier servilement, en littérature, en monumens, en sculpture, etc.; ne connaissaient
pas le tabac ; donc l'usage de cette plante n'est pas susceptible de développer en nous, comme des écrivains l'ont prétendu, des facultés extraordinaires.

Avant la découverte de l'Amérique, la plante du *pétun*
était inconnue. Cependant elle croissait naturellement en
Europe sans qu'on eût cherché à en faire un besoin de la
vie. Regardée au contraire, à juste titre, par les botanistes
et médecins comme un poison mortel, on la laissait croître
ignorée avec la ciguë et ses homogènes. Nicotiane, ambas-
sadeur du roi François II à la cour de Portugal, donna en
1550 à Catherine de Médicis de la graine de *pétun*, qui venait

de la Floride. Raghliff l'apporta en Angleterre sous le règne de Jacques 1er; mais le présent parut tellement funeste à la nation, que le Parlement, pour l'en punir, le condamna à la peine de mort. Les espagnols, qui étaient à même de voir quel usage fréquent les américains en faisaient, y prirent goût et en firent de grandes plantations à Tabasco, d'où le nom de *tabac* lui a été donné.

Cette plante, le plus pernicieux présent que la nature ait fait à l'humanité, puisqu'elle augmente la masse des besoins en se rendant plutôt nuisible qu'utile à la santé, n'est autre chose qu'un poison violent dont l'odeur seule insupportable provoque au vomissement; qui, à cause de sa nature vorace et gourmande, demande un excellent terrain pour croître et pour parvenir à sa maturité. Il est à remarquer que lorsque le monopole sera aboli, les meilleures terres de France et les contrées les plus fertiles et les plus chaudes du plus beau pays de l'Europe et du peuple le plus civilisé, seront ensemensées d'un poison.

Le tabac est devenu aujourd'hui presqu'aussi nécessaire que le pain, par la même raison qu'on respecte autant un vice qui plaît qu'une vertu qui n'est qu'utile. Quand on réfléchit à cet usage bisarre de se fourrer à chaque instant le tabac en poudre puante dans les narines, ou l'exhaler en fumée après en avoir avec opiniâtreté surmonté tous les dégoûts, (car les apprentifs fumeurs ont des vomissemens affreux, des maux de tête insupportables et une ivresse abrutissante) ou de le mâcher entre ses dents depuis le matin jusqu'au soir, même pendant son sommeil; c'est le cas de dire avec Boileau:

De Paris au Japon, du Pérou jusqu'à Rome,
Le plus sot animal à mon avis c'est l'homme.

Les passions ne connaissent pas de modération, et l'usage du tabac l'emportera sur les plus beaux raisonnemens. S'il fallait le prendre seulement comme remède, on jetterait les hauts cris; mais comme habitude, il devient besoin impérieux; cependant c'est sous ce premier point de vue qu'on lui trouve un beau côté. Comme sternutatoire, il dégage les membranes pituitaires. Un célèbre médecin, nommé Simon Paulus, a fait de longues expériences sur ceux qui abusent de cette plante ; il a prouvé qu'elle encrasse fortement le cerveau, au point que les crânes des grands priseurs sont encroûtés d'une humeur noire, sèche et dure comme les cheminées le sont par la suie ; et que par la suite des tems le tabac loin de rappeler, comme les hommes d'étude le prétendent, la mémoire et les facultés pensives, il ne peut au contraire que les affaiblir ou même les atténuer. Helvétius, page 201, tome 2, parle ainsi de la fumigation et de la mastication : « Quelques gens se contentent de mâcher le tabac, » prétendant en tirer les mêmes avantages que de la fumée ; » mais ils sont dans l'erreur : on ne disconvient pas que la » mastication ne puisse leur procurer du soulagement en » exprimant les glandes de la gorge, mais dans l'asthme il » s'en faut beaucoup qu'elle agisse aussi efficacement que la » fumigation qui introduit la fumée du tabac avec l'air jus- » ques dans le poumon et *dans le sang même*. Tous les tabacs » composés produisent de très mauvais effets, surtout lors- » qu'ils sont parfumés. » Helvétius parle ici en docteur et cette plante n'est pour lui que médicinale.

Jusqu'en 1720, les hommes, qui se sont toujours regardés comme des êtres privilégiés, usaient seuls du tabac. Une femme aurait eu honte de priser ; mais insensiblement le beau sexe s'est laissé entraîner aux attraits du vice, et telle qui devant le monde ne prend de cette poudre nasicale que du bout des doigts, dans une petite boîte et avec modération, seule et dans sa maison s'en introduit généreusement à pleines tabatières jusqu'aux régions cérébrales les plus reculées.

Le tabac est si engageant que les ordres monastiques qui s'imposaient des privations de tous genres, n'ont jamais pu s'en refuser l'usage. Malgré la bulle d'excommunication que lança Boniface VIII contre les religieux qui en prendraient, le tabac triompha des foudres apostoliques au point qu'Innocent II fut obligé de défendre formellement aux ecclésiastiques de priser pendant la consécration de la sainte messe, comme étant d'une irrévérence coupable envers Dieu. Cette seule défense a été observée rigoureusement. C'est de là que vient le mot de *Dieu vous bénisse*, qu'on ne disait alors qu'à ceux qui éternuaient pendant l'office divin. Comme j'aime les remarques, j'observerai qu'on permet l'usage du tabac à mâcher et à priser dans les églises, et qu'un fumeur la pipe allumée, serait mis ignominieusement à la porte ; d'où je conclus que la pipe a quelque chose *d'immoral* que les tabatières n'ont pas.

La faute en est aux premiers qui ont découvert l'Amérique. Le tabac est trop répandu pour que les hommes en fassent abstinence ; c'est malheureusement un besoin qui chaque jour devient plus impérieux ; il faut que l'ouvrier redouble de travail, augmente ses sueurs et prive souvent ses enfans de pain pour se procurer les jouissances du tabac et de l'eau-de-vie, qui réunies ne servent qu'à le dégrader (*) et à le rendre plus pauvre.

Voici l'opinion que le célèbre abbé Jacquin a publiée en 1763 : » Le tabac, présenté par l'avidité du commerçant, »adopté par la mode, fortifié par quelques effets que la *bétoine* »aurait opérés, (**) soutenu par la politique, vanté par le »financier, devenu un amusement pour la paresse et une »ressource pour la conversation, est actuellement au rang

(*) Les boissons fortes, dit M. Gerbier, ne sont que des poisons attrayants. Dans ceux qui en font un usage fréquent, elles affaiblissent le tempérament, aigrissent le caractère et détruisent peu à peu cette sensibilité qui fait l'homme de bien, cette sensibilité qui tient sa source dans le calme des sens comme dans la flexibilité des organes. Nos septembriseurs, nos coryphées de révolution étaient des gens du peuple, usés de boissons fortes, dont la voix rauque et dure attestait un gosier brûlé par des liquides corrosifs.

(**) La BÉTOINE, plante dont les feuilles, réduites en poudre, nettoyent et fortifient le cerveau ; sa racine, comme le tabac, excite le vomissement, guérit de la morsure des serpens et dissipe avec succès les matières goutteuses, les fluxions etc.

»de ces besoins de fantaisie dont on se priverait plus diffici-
»lement que de réels. Que les parens capables d'apprécier
»mes réflexions apportent toute leur attention pour empê-
»cher leurs enfans de contracter une habitude inutile, sou-
»vent dangereuse, et, par l'énormité de son prix, toujours
»onéreuse pour le peuple. » Je conclus de là qu'il ne fallait
pas s'y accoutumer.

> Principiis obsta, serò medicina paratur,
> Cùm mala per longas invaluère moras.

La fumée de tabac a été funeste à la ville de Moscou : les
fumeurs, étourdis par les vapeurs de cette plante, laissaient
tomber leurs pipes allumées sur les planchers ; le feu occasionné de la même manière, réduisit deux fois en cendres
cette ville entièrement bâtie en bois. Pour prévenir le retour
de semblables malheurs, Michel Federowits défendit dans
toute l'étendue de la Russie l'usage du tabac, sous peine du
fouet. Comme les russes se laissaient fouetter pour une pipe
de tabac, le même souverain en défendit l'usage sous peine
d'avoir le nez coupé ; les amateurs risquèrent encore leur
nez : si bien que la peine de mort fut prononcée mais aussi
infructueusement : le tabac ne se montra pas moins vainqueur de cette terrible proscription. Le sultan Amurat IV
eut beau le comprendre dans l'usage du vin proscrit par
l'alcoran; Seac-Sophi empereur des Perses eut beau faire
couper des têtes, et Jacques Stuart roi d'Angleterre, ainsi
que Christian IV roi de Danemarck, rendre des ordonnances
sévères à son égard; le tabac pénétra partout, entra dans
toutes les narines, sortit en fumée de tous les gosiers et fut
craché par toutes les bouches.

Les Souverains n'eurent d'autre moyen pour retenir le
torrent, que d'imposer des droits énormes à l'introduction
et à la consommation ; ces droits sont donc fort légitimes
puisqu'ils ne frappent que sur un objet qui n'est toléré que
parcequ'il est impossible d'en détruire l'usage.

V. S.

STANCES

AUX MUSES.

Muses trompeuses, dont les charmes
Semblaient m'offrir tant de douceurs,
Par combien de maux et de larmes
N'ai-je pas payé vos faveurs !

Un peu de bruit et de fumée
Avait séduit ma vanité ;
Votre brillante renommée
Vaut moins que l'humble obscurité.

Qu'importe, lorsqu'un peu de terre
Cache notre être dévoré,
D'avoir porté le nom d'Homère
Ou celui d'un homme ignoré?

Adieu, gloire trop incertaine,
Fantôme que l'erreur poursuit ;
Ton éclat n'est qu'une ombre vaine
Qui fuit dans l'éternelle nuit.

ÉDOUARD CORBIÈRES.

LE MARI PACIFIQUE.

CONTE.

Thomas, homme tranquille et d'humeur peu jalouse,
Avec sa femme était au lit.
Or, le conte nous dit
Que c'est la ruelle qu'il prit,
Et qu'il laissa le bord à son épouse.
C'est être peu galant ; n'en soyons pas surpris :
On sait que messieurs les maris
Recherchent trop leurs aises
Pour se plier au joug des manières françaises.

Le froid piquait, mais dans un lit bien chaud

Les aquilons, le vent de bise
Ont bien difficilement prise
Quand on se couvre comme il faut.
　Cn doit pourtant, je pense,
　Si l'on veut dormir en repos,
Avoir grand soin que le logis soit clos ;
Et, soit le diable ou soit leur négligence,
Cette précaution sortit de leurs cerveaux.
La porte n'était pas seulement assurée ;
　En l'entr'ouvrant, à son aise, Borée,
Qui dans cette saison exerçait son courroux,
　En murmurant se frayait une entrée,
　Et tour à tour grondait sur les époux.
　---« Allons, mon ami, levez-vous,
« Vous avez oublié de fermer cette porte,
« Et vous sentez qu'un vent qui souffle de la sorte,
　Sur le visage n'est pas doux.
　---« Non parbleu, dit Thomas, il gèle,
« De me lever j'aurais grand tort :
« Observez que j'ai la ruelle ;
« C'est donc à vous d'aller ; vous couchez sur le bord. »
Suzon de ce propos se trouva mécontente,
　Et, gourmandant monsieur Thomas,
　Fit serment qu'elle n'irait pas.
　---« Vous souvient-il quand j'étais votre amante ?
« Que de soins assidus! pour rien que d'embarras !
---« Maintenant, dit Thomas, la chose est différente,
« Ce qu'on fait à vingt ans se néglige à quarante ;
　« Car il n'est point d'éternelles amours.
　« D'ailleurs, pourquoi tant de tapage ?
　« Mettons fin à ce verbiage ;
« J'aime au lit le repos et non pas les discours.
--- « C'est vous, lui dit Suzon, qui bavardez toujours. »
--- « C'est plutôt vous. — La chose est un peu forte,
« Répart Suzon, et bien terminons là ;
« Que le premier de nous qui parlera
　« Aille fermer la porte. »
---« Éh ! bien soit, nous verrons qui de nous deux ira. »

Or vous saurez que c'était tems de guerre.
　Alors, comme à présent,
　On envoyait le militaire,
Au moyen d'un billet, loger chez l'habitant.
Par un de ces hasards que le sort distribue,
Ce soir-là justement la troupe était venue :
Partant, force billets ; aussi dans chaque rue

Le soldat s'empressait de trouver sa maison.
Un jeune militaire, au moins depuis une heure,
Courait de tous côtés en cherchant sa demeure.
De porte en porte il vient à celle de Suzon.
   « Oh ! Oh ! dit-il, celle-ci n'est point close :
« Entrons. » Et le voilà qui sans faire de bruit
     Arrive jusqu'au pied du lit
     Dans lequel le couple repose.
Suzon qui l'apperçoit succombe à sa frayeur ;
     En vain je voudrais la décrire :
Le cri, dans son gosier, loin d'éclater expire,
Et sur son front découle une froide sueur.
Cependant le soldat, surpris de ce silence,
Pour s'assurer d'un fait plus près encor s'avance,
La lampe répandait une douce clarté
Qui fit voir au gaillard, dont l'âme fut ravie,
     Que la dame était fort jolie.
Tout-à-coup il médite une témérité.
   Dans ces cas-là je conviens que l'on ose,
     Car il est toujours bon d'oser.
     Aussi, sur sa bouche mi-close,
Sans hésiter, il lui donne un baiser.
   Suzon frémit, mais sa frayeur augmente ;
     Que faire, hélas ! elle est presque mourante.
Qui ne dit mot consent ; comme on ne lui répond,
Le soldat enhardi s'en permet un second,
Puis un troisième ; enfin, sa main devient très leste.
Suzon qui ne voit pas monsieur Thomas bouger,
Après avoir longtems couru plus d'un danger,
De ses forces parvient à retrouver un reste
  Et pousse un cri tellement étendu,
Qu'à son tour le soldat stupéfait, confondu,
A sortir du logis au plus vite s'empresse ;
    Bref, il prend son essor
     Et court encor.

Bientôt sur son séant dame Suzon se dresse,
   Et, par degrés, reprend sa hardiesse.
En portant ses regards sur des objets divers,
Elle voit que Thomas a les deux yeux ouverts.
---« Quoi ! vous ne dormez pas ? quoi ! vous êtes tranquille ?
« A pénétrer, Monsieur, vous êtes difficile.
« De même tout à l'heure étiez vous attentif ?
(Ici Thomas lui fait un signe affirmatif)
   « Ah ! c'est trop fort, non, je ne puis comprendre
   « Que la froideur si loin puisse s'étendre.

« Couchée à vos côtés, insouciant mari,
« Comment, vous me laissiez outrager de la sorte ! »
— « Ah ! bravo, dit Thomas, j'ai gagné mon pari :
« Vous parlez là première, allez fermer la porte. »

VICTOR SIMON.

HYMNE A BACCHUS.

Salut, divin Bacchus, âme de nos plaisirs ;
C'est par toi que Vénus excite nos desirs ;
Lesbos reçut par toi sur sa rive enrichie,
Les pampres qui charmaient les campagnes d'Asie ;
Corinthe s'étonna de cueillir le raisin,
Et Sparte s'énivra de ton nectar divin.
Lorsque dans son cerveau tu portes le délire,
Apollon sous ses doigts fait mieux parler sa lyre ;
Et Mars, en s'abreuvant des flots de ta liqueur,
Boit dans des coupes d'or l'audace et la valeur.
A peine, t'éloignant des rivages de Troie
Tu portais aux Romains le courage et la joie,
Que, des Alpes sur Rome on vit fondre à la fois,
Fiers de te conquérir d'innombrables Gaulois ;
Le cep dont ils voulaient enrichir leur patrie,
Seul fit armer leurs bras pour vaincre l'Italie.
Ils revinrent chez eux accablés de tes dons ;
Célébrant tes bienfaits par d'informes chansons,
Et plantèrent joyeux le fruit de leur victoire
Sur les bords fortunés du Rhône et de la Loire.
La Gaule dût, enfin, à ta douce liqueur,
Le mépris des dangers, la gloire et le bonheur.

B. de Montluçon.

INSCRIPTION POUR JEAN-BART.

Les Anglais, la fortune et les flots en furie
A son mâle courage ont livré mille assauts ;
Mais son courage, armé pour sauver la patrie,
A dompté les Anglais, la fortune et les flots.

H.

LES TOMBEAUX AÉRIENS. (*)

Déjà le ciel brillait des plus vives couleurs.
La mère abandonna la couche des douleurs,
Et d'un œil que l'amour de pleurs baignait encore,
Chercha dans le désert embelli par l'aurore,
Quelqu'arbre qui donnât dans ses riants abris
Un asyle embaumé pour le corps de son fils.
Au sein de la savane à ses yeux se présente
Un érable orgueilleux de sa tête ondoyante,
Et qui, tout festonné par des fleurs d'arbrisseaux,
Déployait dans les airs l'honneur de ses rameaux.
Elle y court; elle abaisse une branche rebelle,
Y dépose à regret la dépouille mortelle,
Rend la branche inclinée à son rapide essor;
Et la branche aussitôt enlève son trésor.
L'érable le reçoit dans son ombrage immense,
Et, de fleurs entouré, le tombeau de l'enfance,
Sur le flexible appui d'un feuillage mouvant,
Suspendu près des cieux, balance au gré du vent.

Oh! quel charme embellit ces cercueils de verdure!
De ces corps parfumés l'agreste sépulture
A dépouillé l'horreur des terrestres tombeaux.
Pénétrés d'un air pur, ces mobiles berceaux
Ont revêtu la mort des attraits de la vie,
Et rendu pour jamais l'illusion ravie.
Une mère, un amant y viennent chaque jour
Contempler les objets pleurés par leur amour;
Ces tombes qu'au matin le jour naissant colore,
Que de ses feux-mourans le jour éclaire encore,
Que la brise du soir agite au haut des airs,
Où les chantres des bois redisent leurs concerts,

(*) Le sujet de ces vers m'a été fourni par un passage du Génie du Christianisme. Le talent remarquable de M. de Chateaubriand a produit une foule de tableaux que réclame la poésie. J'ai essayé de mettre celui-ci en vers; mais, si je m'étais rappelé alors que Delille a aussi décrit cet usage des Natchés dans L'imagination, je n'aurais pas sans doute osé après lui tenter cette entreprise.

Ces tombes font parler leurs douces rêveries ;
Ils disent leur douleur à ces ombres chéries;
Et, tandis que ce soin trompe leur cœur touché,
Dans l'ombrage funèbre un rossignol caché,
Près d'un nid qu'il observe avec sollicitude,
De ses accents plantifs remplit la solitude.

Érable américain, ô toi dont les rameaux
Jusques au firmament élevaient ces tombeaux,
Je me suis arrêté sous ton ombre odorante !
Dans ton allégorie et sublime et touchante,
Tu montrais à mes yeux l'arbre de la vertu ;
Son sommet verdoyant dans les cieux est perdu ;
Sa racine est cachée aux entrailles du monde ;
Et les rameaux sortis de sa tige féconde,
Sont les seuls échelons par où l'humble mortel
Puisse aller de la terre au séjour éternel.

H.

VARIÉTÉS.

Solution du Problême.

Pour partager le *sou* entre les *vingt* héritiers, on emprunte quatre sous ; on réduit le tout en liards, ce qui fait 20 liards ; on en donne *un* à chaque héritier qui rend *un centime;* leurs 20 centimes font précisément les quatre sous empruntés, et le sou se trouve également réparti puisque la différence qui existe entre le liard et le centime est d'un vingtième.

LOGOGRIPHUS.

Sæpè fui nequam manibus corupta novercæ.
Extremo pede suppresso, lux nulla fuisset
Nullis, si fragilis pandissem limina vitæ

NotA. Il s'est glissé une erreur dans le premier numéro. Le tableau de M. Ribera est de SEPT pieds de largeur,

RECHERCHES HISTORIQUES

SUR LA MUSIQUE.

Deuxième et dernier article.

Les Grecs divisaient les instrumens en trois classes : les *enchorda*, les *pneumatica*, et les *pulsatilia*.

Les *enchorda* étaient la lyre, la harpe, le luth, le théorbe et la guitare. Leurs formes antiques ont été conservées dans toute leur élégance jusqu'à nos jours ; mais il est difficile de croire que les Grecs connussent, comme plusieurs auteurs le prétendent, les *enchorda* à *archet*, tels que la basse et ses dérivés : dans aucune de leurs statues ou bas-reliefs on ne voit d'archet. Le mot ARCHET, en français, veut dire *petit-are;* en latin, le mot PLECTRUM veut dire un *fouet*, du mot grec PLECTRON qui vient du verbe PLEZZO, *frapper*: or, on ne frappe l'archet ni sur la basse, ni sur ses homogènes. S'ils l'avaient connu, ils l'auraient naturellement *frotté*, parce-qu'ils auraient senti que c'est la vibration qui donne le son, et non pas la percussion ; surtout sur les cordes en boyau, dont les Romains faisaient usage, puisque Cicéron dit : *Nervorum sonos admonitione digitorum elicere.* Les peintres même, qui ont représenté Sainte Cécile jouant de la basse, ont commis un anachronisme. Le mot *basse* veut dire le *plus bas* des instrumens ; ceux qui le font dériver du *barbiton* des Grecs sont des gens curieux d'étymologies. Les Allemands ont trouvé la contre-basse, les Italiens la basse, et, plus tard, les espagnols le violon, qu'ils appelèrent *biola:* d'où l'on a donné par suite à la basse, selon les différents caractères qu'elle prend, les noms de basse-de-viole et de violoncelle. Le *plectrum* n'était autre chose que ce dont on se servait pour les instrumens classés dans les *pulsatilia*, tels que les tambours, les timballes, le psalterion, le tympanon et le cistre ; car les cymballes sont poussées et frappées l'une contre l'autre. Les *pneumatica* étaient joués au moyen du souffle naturel, tels que les flûtes, les hauts-bois, les flageolets etc. etc. ; car les instrumens résonnant par le secours du vent artificiel, tels que les musettes, les chalemies et les orgues, ne datent que du 6.me siècle.

L'instrument le plus ancien est le tambour. Vossius a fait une longue dissertation pour prouver qu'une musique sans un tambour qui marque les tems est incomplette. C'est lui qui anime le soldat, non à cause de la variété de ses sons, mais par l'impulsion qu'une batterie régulière et énergique donne naturellement aux organes. Il est impossible qu'un tambour qui passe à vos côtés ne vous entraîne quelques pas, ou du moins ne vous donne l'envie de marcher en mesure.

Nos instrumens ont une grande supériorité sur ceux des anciens. Leurs flûtes, bornées à quelques trous, n'avaient point de clés ; leurs clairons ne peuvent être comparés au cor, et les épinettes ne ressemblent en rien à nos forté-pianos qui chaque année s'augmentent d'une ou plusieurs touches. Tout prouve, enfin, qu'avec de si faibles moyens d'exécution, leur musique, dont je vais donner une idée, ne pouvait plaire qu'à des hommes qui ne connaissaient rien de mieux.

Le premier chant de l'antiquité est appelé le *Dorien* ; il était à la fois grave et doux. Lamiras, poëte et musicien qui vivait avant Homère, excellait sur la harpe, dont il accompagnait sa voix. Agamemnon, qui connaissait la force de ce genre de musique, laissa auprès de Clitemnestre son épouse, ce Lamiras qui, par ses accords, devait l'entretenir dans la continence pendant qu'il serait au siège de Troie. Le prince Égiste en devint éperdument amoureux et la trouva inflexible. Il s'aperçut bientôt que le chant Dorien était la seule cause de tant de rigueur ; alors, d'un coup d'épée il envoya le maître de harpe aux enfers, et n'eut plus de peine à triompher de Clitemnestre. Mais Oreste, fils d'Agamemnon, instruit de leurs amours criminels, les tua l'un et l'autre afin de venger l'honneur de son père et celui de la musique.

Le second chant était le *Phrygien*, inventé par Marsias.

Ce chant irritait si fort les nerfs, que l'inventeur en ayant joué, pour son malheur, devant Apollon, celui-ci ne put s'empêcher de le faire écorcher vif; cette petite vengeance le calma entièrement, comme aujourd'hui les verres d'eau sucrée à la fleur d'orange calment les vapeurs de nos petits-maîtres. C'était pendant qu'on exécutait un air phrygien qu'Alexandre Le Grand tua son ami Clytus. Sous Henri III, un musicien, nommé Glandin, fit exécuter un air semblable dans un concert en présence du Roi. Un jeune seigneur, dont l'esprit était fort turbulent, s'anima au point de mettre l'épée à la main et d'en frapper indistinctement tous ceux qui l'entouraient; on eut beaucoup de peine à calmer ce furieux amateur. Cette musique n'est point parvenue jusqu'à nous, fort heureusement; car il eût été dangereux de l'exécuter dans une chambre . . . . de députés, par exemple.

Le troisième chant était le *Lydien*, composé pour les élégies qui devaient ressembler à nos romances, avec cette différence que les élégies chantées faisaient couler d'abondantes larmes, et que personne ne s'attendrit à ce point sur la fin malheureuse d'un jeune troubadour. Une élégie racontait une terrible catastrophe, telle que la mort d'un grand Capitaine, ou l'embrâsement d'une ville; elle avait communément cinq ou six cents vers, et se chantait en grande société. Je ne lui comparerai pas nos complaintes à trente-six couplets, qui nous font aussi pleurer, mais à force de rire.

Le quatrième était l'*Éolien*; il servait à chanter l'amour, le vin, et les héros. Les musiciens qui l'employèrent habilement s'enrichirent en peu de tems, et plusieurs même devinrent les favoris des Rois. Virgile nous apprend que Jopas, musicien de Didon, fut le premier qui introduisit les concerts aux festins des têtes couronnées, et que l'on tient de lui l'usage d'entonner des chansons à la fin des repas, pour exciter les convives à boire plus longtems. Ce genre de musique n'a pas été oublié depuis l'an 3180 du monde, et nous avons beaucoup de Jopas modernes.

La mécanique a beaucoup contribué à étendre les effets

de la musique ; mais les premiers qui l'ont employée, ont
payé cher leurs inventions. On raconte qu'en 1664 un fameux mathématicien de Provence avait chez lui un squelette
qui jouait parfaitement de la guitare. Cette nouveauté parut
si diabolique au Parlement d'Aix, que par un arrêt en bonne
forme le mathématicien et son squelette furent pendus et
brûlés sur la place publique, en qualité de sorciers. De nos
jours, nous avons entendu *l'automate-trompette* de Monsieur
Maelzel, qui, bien qu'extraordinaire, ne doit pas l'emporter,
après un siècle et demi de lumières, sur le squelette pinçant
de la guitare ; cependant, il faut convenir que la précision
des coups de langue de l'automate-trompette ont quelque
chose qui étonne l'imagination, et qu'il a été plus difficile
de maîtriser l'air à ce degré de perfection, que de faire agir
les doigts du squelette sur les cordes de l'instrument ; mais,
en comparant les deux époques, cette supériorité disparaît.
Je ne dirai rien des *Panharmonicon* et de toutes ces méca-
niques qui produisent des effets d'orchestre au moyen d'un
cylindre dentelé ; après l'automate-trompette, rien ne paraît
extraordinaire. J'ai entendu des admirateurs du *Panharmonicon*, dans sa nouveauté, se désoler de ce qu'une invention
semblable, appliquée à nos grands théâtres, réduirait à la
mendicité les artistes de la Capitale. Ils ne réfléchissaient
pas que l'ensemble parfait d'une telle mécanique est insuffi-
sant, et que jamais on ne parviendra à lui donner l'expression, sans laquelle il n'y a pas de musique. L'âme ne peut
pas s'imiter.

C'est l'expression qui charme, qui séduit dans la musique ;
c'est l'expression qui a fait commettre bien des fautes à des
écolières. Mezeray dit qu'Anne de Boulen, femme d'Henri
VIII, *chantait avec trop d'âme pour être sage* ; en effet, son
mari lui fit couper la tête après avoir découvert son intrigue
amoureuse avec Marc, son maître de musique. Stradel de
Venise rendit, par le charme de sa voix, une de ses écolières
tellement éprise de lui, que le père de la demoiselle, qui
était d'une grande noblesse, le fit assassiner pour sauver

l'honneur, déjà fort compromis, de sa trop sensible fille. Bourdelot veut qu'on donne aux demoiselles des femmes pour montrer la musique et principalement le chant, à cause des paroles qui sont toujours érotiques.

La musique anime les guerriers au combats, et fait même braver le trépas de sang-froid : Élisabeth, étant au lit de mort, fit venir des musiciens qui exécutèrent ses airs favoris jusqu'à son dernier soupir. Dans ces tems de barbarie où une femme croyait ne point devoir survivre à son mari, on raconte qu'une veuve hésita plusieurs fois à se jeter dans le bûcher préparé pour la consumer toute vive ; mais les musiciens, qui ne devaient exécuter que son hymne funéraire, entonnèrent une marche militaire ; à l'instant l'épouse, ranimée par cette harmonie inattendue, se précipita sans effort dans le brasier ardent.

La musique, au dire de Suétone, est la science dont le goût peut le plus facilement se transformer en passion ; il cite pour exemple Néron qui, près de se donner la mort, ne regrettait ni l'empire, ni son luxe, ni ses plaisirs, mais qui s'écriait douloureusement : *Ah ! quel joueur de harpe meurt aujourd'hui !* Néron, passionné pour la musique, paya à peu près 50 mille francs de notre monnaie un chanteur qui l'amusa pendant son repas. Galba, son successeur, ne donna en pareille circonstance que 7 francs à Canus, fameux joueur de flûte, qui avait exécuté divers morceaux pendant son souper, à sa grande satisfaction.

La musique, qui inspire l'amour, fait naître l'amitié, ou la fortifie ; témoin Blondel, maître de chant de Richard cœur de Lion, qui, chagrin de ne plus voir son Roi avec lequel il composait des airs et des chansons, parcourut toute l'Allemagne jusqu'à ce qu'arrivé, par suite de sa constance, à *Losensthein,* il fut assez heureux pour délivrer son Prince et son ami.

Les rois n'ont pas dédaigné d'apprendre la musique : Louis XIV chantait avec goût ; Le grand Frédérick jouait assez bien de la flûte ; François Ier, pour plaire à Mme la comtesse

de Chateaubriand, étudia longtems la guitare; Charlema-
gne chantait la romance; et, sans vouloir citer les Grecs et
les Romains, je dirai qu'Hercule même, aux pieds d'Omphale,
jouait du *barbiton.*

Que la musique ait un grand empire sur nos sens, cela
peut se concevoir; mais ce qui est surprenant, c'est le pouvoir qu'elle exerce sur les animaux, excepté sur le tigre
qu'elle irrite et qu'elle met en fureur. Je ne sais où j'ai lu
l'anecdote suivante, qui m'a semblé douteuse et que je ne
rapporte ici que pour la singularité du fait. Un prisonnier
d'état obtint par grâce la permission de jouer de la flûte dans
son cachot. Les trois premiers jours il se trouva seul; le
quatrième, il aperçut quelques souris trotter et rentrer dans
leur trou; le cinquième, elles revinrent en plus grand nombre et restèrent tranquilles; le sixième, elles se mirent en
rond autour de lui; enfin, elles se multiplièrent tellement
et devinrent si familières, qu'elles grimpaient malgré lui,
pour l'écouter, jusques sur sa tête; si bien qu'il fut obligé
de solliciter *un chat* du Gouvernement, pour pouvoir libre-
ment exercer son art. Quelques naturalistes disent que c'est
par les sons d'un instrument qu'on parvient à joindre à la
portée du javelot ou du fusil les animaux sauvages. Les biches
surtout se laissent prendre souvent à la main, de même que
certains oiseaux. C'est au son des chaudrons (chez les anciens c'était au son des cymbales) qu'on rappelle les abeilles
à la ruche. Avec un flageolet, on peut faire approcher du
bord tous les poissons d'un étang. On voyait à la foire Saint-
Germain des rats en habits de caractère, l'épée au côté,
danser en cadence au son du violon. La Motte Le Vayer
rapporte qu'en Guinée il y a des singes qui pincent de la
guitare. En Espagne, un mulet qui n'a point ses sonnettes
ne veut point marcher. Les conducteurs d'Orient excitent
de tems en tems les chameaux à son de cornet; ce qui les
fait avancer plus rapidement que tous les coups de fouet possibles. Louis XIV avait un serin qui sifflait douze grands
airs et plusieurs préludes fort compliqués. Boudelot rapporte

qu'étant en 1688 en Hollande, il alla voir la maison de plaisance de Mylord Portland. En visitant sa grande cuisine, il fut surpris d'y voir une fort belle tribune qui était destinée à donner une fois par semaine un concert à ses chevaux, ce à quoi ils étaient on ne peut plus sensibles. Il y a plusieurs années que les professeurs du Conservatoire ont exécuté divers morceaux devant l'éléphant du Jardin des plantes, et le cor de M. Frédérick Duvernoy a obtenu les suffrages de l'animal qui, par les caresses multipliées de sa trompe, a témoigné à cet artiste célèbre tout le plaisir qu'il éprouvait à l'entendre. Enfin, pour ne pas multiplier les exemples, nous avons vu les chevaux de Franconi danser le menuet en mesure, et Suétone rapporte que, dans une fête donnée aux Romains par l'empereur Galba, des éléphants dansèrent sur la corde tendue, au son de divers instrumens.

Après cela, qui douterait que la musique ne soit une inspiration divine ? Socrate et Pythagore exhortent la jeunesse à l'apprendre pour lui servir de correctif dans les passions ; c'est aussi le meilleur emploi qu'on en puisse faire. Elle délasse l'esprit après les occupations sérieuses ; elle développe les facultés intellectuelles dans les enfans tardifs ; enfin, les plus grands philosophes depuis Platon jusqu'à J. J. Rousseau, se sont fait un honneur de la cultiver, et plusieurs même l'ont poussée jusqu'à un grand degré de perfection.

V. S.

POÉSIE.

FRAGMENT DE LA JÉRUSALEM DÉLIVRÉE.

Armide, enfin rendue à sa triste existence,
Ne voit qu'un long désert, n'entend que le silence.
« Il est parti ! dit-elle, il a craint mes adieux !
» Il a pu me laisser expirante en ces lieux !

» Il n'a pu sans remords précipiter sa fuite !

» Il n'a pas eu pitié d'une amante séduite !

» Il n'a pas eu pitié de son espoir trahi !

» Il a vu ma douleur, et le monstre a joui !

» Il a dans ma douleur admiré son ouvrage !....

» Et moi je l'aime encore.... et moi sur ce rivage,

» Je verse encor des pleurs au lieu de me venger...!

» Des pleurs ! et c'est bien moi que l'on ose outrager !

» Pour punir un ingrat je n'ai donc que des larmes ?

» Voilà donc contre lui ma ressource et mes armes ?

» Ah ! je le poursuivrai, dût le ciel en courroux,

» Dût l'enfer déchaîné s'opposer à mes coups ;

» Il expira l'affront qu'il fit à ma tendresse ;

» Rien ne peut le soustraire à ma main vengeresse ;

» Je le vois, je l'atteins, et d'un bras assuré

» Je plonge mon poignard dans son cœur abhorré....

» Attachons sur ce roc les membres du parjure ;

» Qu'au vautour moins féroce ils servent de pâture :

» Par un supplice horrible il faut épouvanter

» Quiconque à l'avenir oserait l'imiter.

» Sa cruauté m'apprend à devenir cruelle ;

» Eh bien ! dans mes fureurs surpassons l'infidèle ;

» Qu'il tremble... mais où suis-je ?... ô transports impuissants !

» Malheureuse ! ah ! pourquoi n'as-tu pas ses flancs,

» Pourquoi, quand son aspect profanait ce rivage,

» N'as-tu pas dans son sang désaltéré ta rage ?

» Ton bras, ton bras alors eût puni son forfait.

» À présent que te sert un courroux sans effet ?

» Que sert à ta vengeance un aveugle délire ?

» O ciel ! je suis trahie, et le traître respire !

» Il respire, et déjà revenu vers les siens,

» Triomphant au milieu de ses lâches chrétiens,

» Il leur dit : Cette Armide et si vaine et si fière

» A pour toucher mon cœur essayé la prière ;

» Mais moi de sa prière aisément dédaigneux,

» J'ai ri de sa douleur et rejeté ses vœux.....

» Malheureux, garde-toi d'achever cet outrage ;

» Va, tigre, ne crois pas d'échapper à ma rage.

» Si mon art, si mes pleurs ont perdu leur pouvoir,

» Un moyen plus puissant reste à mon désespoir.

» Viens servir ma fureur, ô beauté méprisée !

» Si tu fus par l'ingrat ici même abusée,

» C'est à toi de le suivre au milieu des combats

» Et de l'environner des horreurs du trépas.

» Secourable beauté, tu seras la conquête

» Du guerrier qui viendra me présenter sa tête.

» Accourez, mes amants, volez tous à ma voix ;

» Je vous propose à tous le plus beau des exploits :
» Le péril en est grand ; la gloire en est immense ;
» Armide et ses trésors en sont la récompense ;
» Et si vous dédaignez de m'avoir à ce prix,
» Détestable beauté, je te voue au mépris ;
» Je te hais, je t'abhorre, ô faveur mensongère !
» J'abhorre mon pouvoir, mon trône et la lumière....
» Je souffre, et c'est du sang qui doit me soulager ;
» C'est de sang que j'ai soif ; du sang doit me venger. »
Par ces accents confus, sa douleur furieuse
Exhalait au hasard sa plainte impétueuse ;
Enfin, l'infortunée à cet horrible lieu
S'arrache, l'œil hagard et le visage en feu.
    Elle arrive au palais que son art redoutable
Créa pour y jouir d'un bonheur plus durable,
Et les cheveux épars elle invoque à grands cris
De l'abîme infernal tous les sombres esprits.
L'abîme s'en émeut ; une effroyable nue
Du domaine céleste envahit l'étendue.
L'astre du jour s'éteint. Par les fougueux autans
Les monts sont ébranlés jusqu'en leurs fondemens ;
Et le vaste palais, plein de monstres bizarres,
Retentit tristement de leurs clameurs barbares.
Son dôme étincelant que l'Amour a construit
S'efface enveloppé des voiles de la nuit.
Un éclair trace au loin sa route lumineuse,
Perce l'ombre, et la rend plus noire et plus affreuse ;
Le ciel gronde ; l'enfer dans ses gouffres brûlants
Mugit ; le sol frémit sous les pieds chancelants.
Cependant du soleil la lumière furtive
Oppose un faible éclat à l'ombre fugitive ;
Le ciel n'a pas encor sa première clarté ;
Mais le palais n'est plus, et l'œil désenchanté,
Qui croyait retrouver le temple des prestiges,
L'œil en vain dans la plaine en cherche les vestiges ;
Il cherche en vain la place où fut ce beau séjour ;
La haine avait détruit l'ouvrage de l'Amour.
Tel au souffle du vent précurseur de l'aurore,
Disparaît au regard qui le recherche encore
Des vapeurs de la nuit l'assemblage incertain,
Ou tel s'évanouit un songe du matin.
Il ne reste en ce lieu que des rocs sans verdure
Et la sauvage horreur qu'il doit à la nature.
Armide sur un char s'élève dans les airs,
Et sans fuir sa douleur fuit ces mornes déserts.

                                    N.

DISSIMULONS.

Air : Du haut en bas.

DISSIMULONS,
Nous recommande la prudence ;
Dissimulons
Dans le bon siècle où nous vivons.
C'est prouvé par l'expérience :
La vérité souvent offense ;
Dissimulons.

Dissimulons,
Dit tel écrivain véridique ;
Dissimulons.
Plus tard nous nous démasquerons ;
Mais jusqu'au jour où notre clique
Doit toucher au moment critique,
Dissimulons.

Dissimulons,
Se disait hier Aspasie,
Dissimulons ;
Vingt-cinq louis de plus sont bons.
Feignons d'aimer une momie,
Une nuit est bientôt finie,
Dissimulons.

Dissimulons,
Répète un poltron qui recule,
Dissimulons.
J'estime peu les fanfarons ;
Je ne veux point faire l'hercule ;
Le héros prudent dissimule,
Dissimulons.

Dissimulons,
Trouvons à Linval du génie,
Dissimulons
Avec l'époux que nous trompons.
Sa femme est coquette et jolie,
Linval avant peu je parie....
Dissimulons.

Dissimulons,
Laissons de côté l'épigramme,
Dissimulons,
Les sots par fois sont des lurons :
Tel est obtus, mais fine lame !
Pour la sureté de notre âme,
Dissimulons.

P. S.

LE DANGER DES CONSEILS.

CONTE.

« Maudit bétail, disait le benêt Nicolas ;
« Non, morgué, je ne connais pas
« D'animal pu' taquin, pu' méchant qu'une mouche.
Le rustre, pendant ce discours,
Se démonte, va, vient ; à droite à gauche il touche,
Et chasse en vain l'essaim qui le poursuit toujours.
Il aperçoit Gros Pierre,
Lui conte son tourment : « Pargué, dit il, voisin,
Dis-moi donc comment faire ;
C'est pis qu'un sort, comment y mettre fin ?
De son discours riant sous cape,
Pierre lui dit : « Va trouver le Bailli,
« Pour donner un conseil tu sais qu'il n'est que li,
« Et ben fin qui l'attrape.
Colas s'en va trouver l'homme de lois,
Et lourdement lui raconte sa chance.
Le Bailli se rengorge, et dit, haussant la voix :
« Parbleu, Colas, grande est ton innocence.
« Partout où tu les trouveras,
« Nigaud, tu les tueras. »
Sur le nez du Bailli Nicolas en voit une ;
Tout rempli du conseil et surtout de rancune,
Il tire en tapinois
Son escarpin de bois,
Et d'un revers donné, non de main morte,
Il frappe sur la mouche, aussitôt prend la porte,
Et le donneur d'avis en eut le nez cassé . . . .

C'est ainsi que des sots l'on est recompensé.

DE MILSAN.

A HERSILIE.

Sois moins belle, Hersilie, ou ne plais qu'à mes yeux.
Dans le temple des jeux, quand la flûte sonore
Ou presse ou ralentit les pas de Terpsichore,
L'oreille n'entend plus les sons harmonieux.
Tu charmes tous les cœurs, tu ravis tous les yeux;
On t'a vue, on te voit, on veut te voir encore;
Parmy croirait en toi trouver Éléonore.
Du murmure croissant d'un cercle admirateur
Tu t'éloignes, tu viens, tu fuis environnée;
Et quand des instrumens l'accord régulateur
Ne fait plus retentir la voûte fortunée,
C'est toujours toi qui tiens le sceptre des amours.
D'un souffle empoisonné tes jalouses rivales
Voudraient flétrir en vain tes roses triomphales;
Leur censure te loue, et vient à ton secours;
Envier tes succès, c'est en hâter le cours.
De la frivolité tu commandes l'hommage,
Et pour toi la raison adoucit son langage;
Mais ces soins empressés, c'est-là tout mon tourment.
Quoi! nous nous chérissons! Quoi! je suis ton amant,
Et je vois qu'en témoin mon amante adorée,
Par un culte étranger à mes yeux honorée!
Un autre œil que le mien dévore un sein charmant!
A ta main amoureuse une autre main s'enchaîne!
Une autre haleine, enfin, se mêle à ton haleine!
Le plaisir de t'aimer vaut-il ce châtiment?
Ah! bornes-en le cours; c'est moi qui t'en supplie,
Et pour mieux le borner, sois moins belle, Hersilie.
    Mais non, sois toujours belle et garde tes attraits:
Irais-je à mon supplice ajouter des regrets?
Donne un autre théâtre à la beauté que j'aime:
Te rendre à la nature est te rendre à toi-même;
Connais-là; viens aux champs que tu vas embellir;
Rousseau les a chéris; nous devons les chérir.
Ah! que ne pouvons-nous fouler en Italie
Ces gazons qu'ont foulés Ovide et sa Julie,
Ou l'agreste vallon qui parle tour-à-tour
De Pétrarque et de Laure et de vers et d'amour!
C'est là qu'on ressent mieux l'amour et son empire,
Il règne en ces climats, avec l'air on l'aspire.

Que dis-je ? non, les lieux ne font point les amants ;
Va, l'amour est partout où sont deux cœurs aimants ;
Et partout nous pouvons, pleins d'un brûlant délire,
Céder avec ivresse aux transports qu'il m'inspire :
Tout ciel peut éclairer une amoureuse ardeur ;
Tout écho peut redire un hymne de bonheur ;
Et de tous les bosquets le tranquille feuillage
Pour protéger nos jeux donnera son ombrage.
Crois-moi donc, Hersilie, au milieu de nos champs
Nous goûterons aussi des plaisirs enivrants ;
Nous laisserons en paix couler le tems rapide
Sans redouter ses coups et sa faulx homicide.
Que pourront les erreurs, les crimes des mortels
Sur qui chérit l'Amour et dessert ses autels ?
Non, le malheur d'autrui ne sera point le nôtre :
Et l'un de l'autre épris, nous vivrons l'un pour l'autre.
Loin du bruit des cités, nous nous aimerons mieux,
Et ma maîtresse enfin n'y plaira qu'à mes yeux.

ÉDOUARD B., *âgé de 15 ans.*

STANCES

SUR LA MORT D'UN AMI.

Cher ami, tu n'es plus, ta dépouille mortelle
Repose maintenant dans la nuit des tombeaux ;
Tout est fini pour toi, la mort, la mort cruelle
T'a frappé pour toujours de son horrible faulx.

La fleur de tes beaux ans était à peine éclose ;
Son calice pour toi commençait à s'ouvrir.
Mais hélas ! ton destin fut celui de la rose
Que nous voyons briller, se faner et périr.

A peine tu connus tout le prix de la vie...
Tu sentis du malheur la main s'appesantir.
Tu me disais souvent: Ma mère m'est ravie,
Mon père est dans la tombe, et je n'ai pu mourir !

Vous qui l'avez connu, vous dont le cœur sensible
Par de douces vertus ennoblit l'amitié,
Le coup qui vous ravit votre ami fut terrible ;
Dans ma juste douleur vous êtes de moitié.

O mort ! pourquoi ta faulx avec indifférence
Du bon ou du méchant tranche-t-elle les jours ?
Hélas ! si des vertus dépendait l'existence,
L'ami que je regrette aurait vécu toujours.

DUPONT.

ÉPITRE

A Mr. G....

DEMAIN trois enfans d'Apollon,
Réunis sous des Dieux propices,
Viendront jusqu'en mon Hélicon
Savourer les douces prémices
D'un vin vieilli sous le bouchon,
Et que le Bacchus Bourguignon
A vu couler sous ses auspices.
Songe, Derval, qu'à ce festin
J'ose convier trois poëtes,
Dont les entrailles indiscrètes
Ont toujours une triple faim.
En vain ma terrestre ambroisie
Mouillera leurs palais brûlants,
Il me faut encore à leurs dents
Opposer des fruits succulens
Dont ma serre est très peu fournie.
Mais toi qui dans ton Saint-Germain,
As vu la tiédeur de l'automne
Jaunir sous l'œil de ta Pompone
Et le melon et le raisin,
Aisément tu peux sur ma nappe,
Amenant la diversité,
Aligner près de mon pâté,
Ton muscat et sa douce grappe.
Viens avec ces produits divins,
Et demain au sein de la fête,
Un pampre courbé par mes mains
En festons ornera ta tête.

ÉD. CORBIÈRES.

LES DEUX RENARDS.

FABLE.

Un vieux Renard, qui se croyait bien fin,
    Apprit un jour que son voisin
     Tenait cachés dans sa tanière
Quelques friands poulets qu'il gardait avec soin,
     Pour être à l'abri du besoin,
      Quand sa dent meurtrière
Dans les lieux d'alentour n'aurait plus rien à faire.

Le vieux reître aussitôt médite le projet
    De s'en emparer par avance ;
Il ne s'abuse pas d'une folle espérance :
Son ami, jeune encore et sans expérience,
Sans nul effort laissant pénétrer son secret,
Avec lui pour le moins partagera sa proie.

    Lorsque ce plan lui sembla bien conçu,
Il cherche son voisin, et l'ayant aperçu :
» De te voir, lui dit-il, que je ressens de joie....!
» Mais quel air de santé ! Mais quel teint merveilleux !
» Ah ! je vois que le ciel daigne exaucer mes vœux ;
» Et vers toi, tendre ami, mon étoile m'envoie :
» Je veux mettre à profit un instant de loisir :
    » Et tu me feras le plaisir
    » De me laisser voir ta demeure ;
    » Tu sais que tu me l'as promis ;
» Toujours une promesse est sacrée entr'amis ;
    » Ainsi, satisfais-moi sur l'heure.
—» Volontiers, répond l'autre, entre donc au logis. »
    Le vieux Renard avait l'âme ravie
De voir aller l'affaire au gré de son envie ;
Et maîtrisant toujours les transports de son cœur :
» De ta maison, dit-il, la façade est jolie ;
    » Mais voyons un peu l'intérieur.
» Mon Dieu ! que ce local me paraît peu commode !
    » Qu'il est étroit ! Qu'il a peu de longueur !
» Un tel appartement chez nous n'est pas de mode.
    » On peut à peine se tenir
    » Dans un taudis de cette espèce,
    » Et je suis sûr que pour dormir
    » Tu dois avoir quelqu'autre pièce.
—» Tu t'abuses, je crois ; n'y tenons-nous pas deux
» Sans nous gêner l'un l'autre ? et.... —Mais ta nourriture

» Où la caches-tu donc ? —Je mange à l'aventure ;
» Sans me mettre en souci d'un avenir douteux ,
» Je vis au jour le jour et je m'en trouve heureux.
—» Mais j'entends...—Quoi?—Des cris.—Erreur.—Eh! mais, écoute,
» Ce sont cris de poussins , et je n'en fais nul doute.
—» De poussins ! impossible. —Eh ! bien donc que nos yeux ,
» Sans plus tarder , découvrent ce mystère.
—» Arrête , c'est assez , ami faux et cruel ,
» Le voilà dévoilé , ce dessein criminel !
» A l'instant sors d'ici , redoute ma colère ;
» Va dépenser ailleurs tes paroles de miel ;
» Des amis tels que toi ne se regrettent guère. »

Le Renard tout confus , dans sa douleur amère ,
S'enfuit, et va cacher sa honte et son ennui
D'avoir trouvé quelqu'un aussi malin que lui.

Des gens adulateurs fuyons les politesses ;
Ceux qui veulent tromper assomment de caresses.
Ainsi que ce renard , déjouons le projet
De qui feint l'amitié pour ravir un secret.

AUG. V........DT.

IMITATION DU LATIN.

Pourquoi dans un miroir contempler ton visage ?
Si Narcisse autrefois mourut d'amour pour lui ,
En apercevant ton image
D'horreur tu mourras aujourd'hui.

M.

ŒNIGMA.

Dissimilis formâ, sensu, nec nomine dispar ,
Sto pedibus terris , trinus et unus ego,
Vir sanctus, fera terrificaus, sydusque calescens :
OEdipe, dic nomen, tu mihi Phœbus eris.

Le mot du dernier logogriphe est PATERA, où l'on trouve
pater en retranchant le dernier pied.

DE LA CRITIQUE.

Un ouvrage paraît au jour ; il est de suite commenté , loué , critiqué , pour peu qu'une circonstance secondaire détermine la curiosité à le lire et l'esprit à le juger ; l'ignorance prévenue rend la plupart de ces jugemens, et l'impartialité éclairée n'en motive que fort peu : aussi les opinions sont-elles souvent opposées. Le même passage est déchiré par une classe de lecteurs et prôné par une autre, et l'auteur rougit des éloges qu'il reçoit sans les mériter, comme il s'indigne des censures injustes ; mais le tems fait justice des erreurs, et la réputation d'un livre, après avoir éprouvé toutes les fluctuations imprimées par l'envie ou l'enthousiasme, finit par se réduire ou s'élever au taux de son mérite, comme les flots tourmentés par des vents contraires reprennent au retour du calme le mouvement que leur donne la nature.

On a beaucoup parlé, beaucoup écrit sur la critique ; on est convenu de ce qu'elle devrait être ; mais on n'a jamais recherché pourquoi elle est souvent fausse, irréfléchie, inconséquente. Je vais tâcher d'en présenter les raisons.

Si les hommes naissaient avec un sens droit et un tact exquis ; si une éducation sage perfectionnait en eux ces qualités ; si leur perspicacité naturelle, fortifiée par d'utiles exercices, acquérait une infaillibilité éprouvée, vous ne verriez régner dans la société ni discussions, ni querelles, ni dissidence d'opinions, et de même que l'œil ne peut nier l'existence d'un objet soumis à son action, l'esprit ne saurait disconvenir de la réalité de ce qui est ; et tous les hommes faisant usage de leurs sens et de leur jugement avec une égale certitude, toutes leurs décisions seraient uniformes. Mais il en va bien autrement avec ces faibles mortels ; et , pour suivre ma comparaison , l'un a la vue très bornée, l'autre éprouve des éblouissemens qui l'empêchent de distinguer nettement les choses, un troisième se laisse tromper par la distance et par les effets de l'ombre et de la lumière : de là les contradictions, les sottises, les bévues, qui, défendues opiniâtrément par l'amour-propre, n'ont d'autre résultat que de retarder le triomphe de la vérité : car la vérité (et je ne saurais trop le dire à certaines personnes) survit aux préjugés les plus enracinés, aux fausses maximes les plus accréditées par la mode ou l'esprit de parti ; et il me semble que c'est une grande simplicité de répandre tant d'amertume sur ses jours et sur ceux des autres pour se donner un caractère ridicule ou odieux aux yeux de la postérité, au lieu de chercher le sentier de la raison dans l'humilité de son cœur, et avec la crainte des jugements de ceux qui prononceront sans passion.

L'orgueil surtout, l'orgueil est la plus grande source de ces maux. Il rend des arrêts qu'il croit à l'abri d'un examen sévère, qu'il croit inattaquables ; et l'opinion qu'il a émise lui semble évidente, non parce qu'elle est fondée, mais parcequ'elle est la sienne. Il regarde en pitié tout ce qu'on dit, tout ce qu'on écrit ; il lit ou il écoute avec le désir de rencontrer des sentences fausses ou des tours vicieux, avec la certitude de valoir mieux que l'auteur ou l'orateur ; et une matière à dénigrer lui semble une véritable conquête qu'il vient de faire sur un territoire ennemi : aussi le voyez-vous alors tressaillir d'aise au penser flatteur de prouver plus de connaissances, de goût ou de logique qu'un écrivain connu ; il a cueilli le laurier destiné pour son front : il a trouvé une tache dans l'ouvrage d'autrui. Il est fâcheux que les gens infectés de cet orgueil soient souvent aux abois pour accoucher d'une lettre de *faire part*.

Cet esprit de dénigrement est celui du siècle. Une froide et contentieuse raison sert à cacher l'absence du génie, de l'imagination et des lumières. Les auteurs présents et passés sont épurés au creuset de l'envie et réduits à rien par les astuces de la mauvaise foi. On juge la poésie par la logique et la logique par la poésie. Après avoir ôté au siècle de Louis

XIV tout ce que la médiocrité indignée peut ravir au mérite dans ses essais de fureur, on prend généreusement ce même siècle pour objet de comparaison au siècle actuel ; et d'une statue mutilée on se fait une arme pour renverser une statue nouvelle. Si ces *Attila* nous offraient des richesses en dédommagement de celles qu'ils nous ravissent, leur zèle pourrait encore recevoir une interprétation satisfaisante ; mais ils veulent tout détruire et ne rien créer : leur gloire est d'anéantir.

Cet orgueil provient de la facilité malheureusement donnée à tout le monde aujourd'hui, de prononcer en littérature avec autant d'assurance qu'un homme qui y aurait consacré sa vie, tous les momens de sa vie. Autrefois l'érudition était achetée par de pénibles et longs travaux, qui séparaient par un intervalle immense les savants et les hommes frivoles. Aujourd'hui l'on fait une lecture rapide du Cours de littérature de Laharpe, et l'espace est franchi. Tant s'en faut que je condamne cet ouvrage, que je le regarde au contraire comme un monument de goût et souvent d'équité ; mais pourquoi n'a-t-il pas formé un seul littérateur, et nous a-t-il inondés d'une foule de juges impertinents? Parce qu'un vrai littérateur n'a pas besoin de Laharpe pour sentir et pour juger, et qu'il n'appartient qu'à l'ignorance de rechercher dans l'opinion d'autrui ce qu'elle doit penser ; parce qu'un écrivain connaît les auteurs originaux, et qu'un homme du monde est bien aise de les rencontrer à la passade dans une galerie commune. Et ce n'est que trop vrai : tous les ouvrages (et l'on n'en fait pas d'autres) téndent à mettre la science à la portée de tout le monde, et personne ne veut plus approfondir ce qu'il ne doit qu'effleurer pour obtenir un succès égal à celui du plus instruit littérateur : de là l'habitude de recevoir une opinion sans savoir pourquoi on l'admet, et de la soutenir sans savoir pourquoi l'on y persiste. *Laharpe l'a dit*, voilà l'argument sans réplique. Disons donc à notre tour à ces *croyants* sur parole que Racine, Molière, Corneille etc., n'ont pas étudié leur langue dans Lemare, ni la littérature dans Laharpe ; que son cours n'a pas créé, je le répète, une fraction d'écrivain ; qu'il a été hué pour son ouvrage par les auteurs de son tems, qui ont été étonnés de voir un confrère suer sang et eau pour leur apprendre ce qu'ils savaient aussi bien que lui ; et qu'enfin c'est notre paresse ou notre incapacité à juger, qui nous force à recourir aux jugemens d'autrui.

Il est cependant un mode pour donner au Cours de littérature le but utile dont il est susceptible. La lecture des auteurs examinés devrait précéder celle du commentaire ; et lorsque le jugement est bien fixé sur la valeur de leurs ouvrages, voir en quoi et pourquoi les opinions diffèrent, comparer les raisons, oser opposer la sienne à celle de l'aristarque, voilà la marche à suivre pour retirer quelque fruit de son travail ; mais adopter aveuglément tout ce qu'il adopte, ne connaître que les extraits qu'il donne, juger sur les pièces qu'il produit surtout quand il dissèque ses contemporains et ses rivaux ; (*) c'est l'apathie d'un esclave qui obéit à l'ordre d'un maître, c'est être l'écho de ses passions, c'est n'écouter qu'une seule partie ; et La harpe qui ne fut pas exempt de jalousie et d'amour-propre ne doit pas être exempt de suspicion d'erreur et de partialité. Mais revenons.

La prévention doit être mise au rang des causes qui égarent les juges. La prévention est comme un nuage qui obscurcit les lumières naturelles ; elle empêche de juger sainement des choses, et par conséquent d'en juger avec justice. Si cette prévention est favorable, elle érige les défauts en qualités, les sottises en traits d'esprit ; elle se récrie avec admiration aux platitudes les plus avérées. Alors un style lourd devient un indice de profondeur, des expressions im-

(*) Gilbert et Piron ont été maltraités par Laharpe, parce que Gilbert et Piron ont fait de certains petits vers que Laharpe n'a pu leur pardonner. Voyez avec quelle honnête candeur il rabaisse Gilbert, et préfère le Glorieux à la Métromanie. Au reste, si l'on croit Laharpe un homme sans passion et sans erreurs, on n'a qu'à lire les mémoires du tems, surtout son hymne à la liberté, sa *capucinade* et les articles de Geoffroi.

propres d'aimables négligences, et le pathos est du sublime.
Les barbares ! ils ne savent donc point que si le mérite est
découragé par l'indifférence il est abattu par l'injustice, et
que faire le panégyrique de l'incapacité c'est prononcer l'o-
raison funèbre du génie. Oui, je consens à voir un écrivain
recommandable essuyer les outrages de ses contemporains
puisqu'ils sont inspirés par l'envie ; mais s'ils portent à un
indigne rival l'encens qui lui est dû, je ne puis m'empêcher
de laisser déborder quelques gouttes du fiel dont mon cœur
surabonde, et de dire que ces hommes, par goût et par
propension naturelle, auraient dans un autre siècle grossi le
nombre de ceux qui firent tomber Athalie, et qui empoison-
nèrent les jours de nos plus grands écrivains, Zoïles nés qui
soupirent après un Homère à déchirer, et n'admirent un
ouvrage que lorsque cette admiration a force de chose jugée:
encore cette admiration est-elle leur tourment secret.

Mais laissons ces gens qui doivent savoir le nom de l'auteur pour se décider ; parlons de ceux qui ne connaissent
pas même les auteurs ni les bases de leur réputation. Il est
inutile de s'appesantir sur les inconvénients de l'ignorance
totale ; il suffit de rappeler ceux de l'ignorance du genre.

Dans un pays où les hommes sont récréés par la vue des
plus riants objets, où un air pur assouplit les organes, où
l'éternel éclat d'un ciel transparent, les parures de la terre
et la molle ondulation des eaux parlent aux sens un langage
inspirateur qui élève les idées en enflammant l'imagination,
la poésie est une passion favorite, et les vers y retentissent
à l'oreille, les sentimens au cœur et les pensées à l'esprit
comme un concert dont la triple harmonie fait naître les
plus douces émotions. Là, des êtres, supposés par l'esprit,
sont animés par mille appellations magiques, et peuplent de
leur existence idéale les champs, les eaux et les forêts. Rien
n'est muet dans la nature : au coloris d'une fleur, au silence
d'un tombeau sont attachés des souvenirs voluptueux ou
mélancoliques ; et la plus ingénieuse illusion prête une voix
à la pierre, et recouvre la beauté de l'écorce d'un arbre. Telle

fut la Grèce, cette terre classique des beaux-arts, du génie et
de la valeur, cette patrie de Miltiade et d'Homère. Le peuple
sensible qui foulait les bords de l'Eurotas et du Céphise, et
dont les flots inondaient les places publiques de Sparte et
d'Athènes, ne trouvait point ridicule l'art de Sophocle et
d'Anacréon : il en sentait les beautés. Il ne souriait point de
dédain en écoutant les chants énergiques de Pindare : il
comprenait sa langue. Juste ciel ! aurait-ce été au milieu des
jeux olympiques, en présence de tous les Grecs et à la face
des Dieux, au milieu des acclamations qui proclamaient les
triomphes, qu'un barbare aurait osé faire entendre sa voix
sacrilège pour ravir aux arts leurs prestiges, à l'existence ses
charmes, et pour remplacer la vie de la nature par l'inertie
du néant ? Les accents de Simonide auraient-ils été inter-
rompus par les cris de l'improbation ? et lorsqu'Homère
faisait éclater les sons belliqueux de la trompette héroïque
au milieu du chœur immortel des autres favoris des muses,
quelque grec aurait-il démenti sa patrie par de longs bâille-
mens ? Non ; son oreille accessible au charme des beaux
vers ne pouvait se lasser de les entendre, et sa bouche de
les répéter ; il était involontairement soumis par l'empire
irrésistible que des chants divins exerçaient sur son heureuse
organisation, et ce plaisir était à son cœur ce qu'une jouis-
sance grossière est au corps des hommes privés de son tact
moral.

L'Italie, héritière de la valeur et des arts de la Grèce,
offre encore de grands traits de ce caractère poétique. Les
échos de Mantoue, ceux des bords de l'Anio redisent au
voyageur ravi les accents de Virgile et d'Horace. Et le croi-
rait-on ? de simples postillons y savent par cœur la Jérusa-
lem délivrée. Ce capitole où fut couronné Pétrarque, où le
Tasse devait l'être, ce capitole où triomphèrent tant de
héros le front ceint de feuillage, a longtems produit le laurier réservé pour le front du génie. Chez quel peuple aujourd'hui trouverait-on un capitole ? Hélas ! le flambeau
sacré des lettres éclaire encore de ses pâles rayons le sol de

quelques parties de l'Europe ; mais la couronne, récompense des veilles du poëte, gît à terre sans honneur, frappée par la foudre du vandalisme.

Cependant les petits-fils des sauvages adorateurs de Teutatés, conservent encore la trace de quelques usages empruntés d'un climat plus heureux ; mais ces usages n'existent que dans les provinces voisines de ce climat, et qui en ressentent plus immédiatement l'influence. C'est ainsi qu'en Languedoc une fête solennelle est célébrée chaque année pour adjuger un prix composé de fleurs à la pièce de vers jugée la meilleure de toutes celles qu'on envoie au concours ; et certes l'intérêt qu'excitent les jeux floraux dans nos provinces méridionales, le charme qui est attaché au souvenir de Clémence Isaure, l'appareil dont l'autorité entoure ce spectacle touchant, plaident éloquemment la cause littéraire d'un peuple ; mais qu'il y a loin de l'églantine des Français et seulement des Français du midi, au laurier des Romains et des Grecs ! Je ne parle point des palmes décernées par les académies : ces distributions sont le résultat des efforts des sociétés savantes pour aiguillonner les talents ; et ce n'est point là le cri de toute une nation.

A présent que j'ai tracé un tableau, je laisse à mes lecteurs le soin d'esquisser rapidement celui auquel on doit comparer le mien ; et je leur demande si l'on peut juger la poésie sans en avoir le sentiment. Un aveugle pourrait avec autant de raison prononcer sur les couleurs ; aucun néanmoins n'ose le tenter. Pourquoi donc sommes-nous assaillis de tant d'hommes présomptueux qui tranchent toujours le nœud gordien avec une aisance si aimable ? Ces gens à qui l'on a dit d'admirer Lafontaine ou Racine à tel endroit, et qui l'ont fait, qui n'ont qu'un goût de tradition et qui ne sentent les beautés que par ouï-dire, examinent d'abord dans une production si le style ou les pensées ont quelqu'analogie avec le style ou les pensées de l'auteur qu'on leur a prescrit d'aimer. S'ils soupçonnent cette analogie, ils bégaient que le nouvel auteur *n'est pas mauvais :* jugement précis et qui ne laisse rien à désirer ; mais malheur à lui, si ses ouvrages n'ont aucun objet de comparaison parmi nos grands écrivains ! Alors l'embarras du critique est la condamnation du poëte ; il aime mieux rejeter que d'admettre ce qu'il ne connaît pas ; et ce rejet il le bégaie encore ; c'est toujours avec la même lucidité (*) qu'il loue ou qu'il censure. Il n'en est pas ainsi de l'homme qui sent : de même qu'un faux ton blesse une oreille délicate, le défaut de justesse dans les pensées, de vérité dans les sentimens, offense son cœur et son esprit ; il n'a pas besoin d'essayer une analyse détaillée de ces dissonances ; il l'a faite à son insçu ; et voilà mon juge ; et ce juge au moins désapprouve un genre, non parce qu'il l'ignore, mais parce qu'il le trouve vicieux.

Bien des personnes penseront que cet article est satirique ; d'autres diront plus encore. Il vaudrait bien mieux cependant de me savoir gré des nombreuses suppressions que j'y ai faites, et de prouver que mes assertions sont fausses ; mais comment le prouver ? Si l'on me cite des faits, je m'engage à chanter la palinodie.

Y.

POÉSIE.

TRADUCTION

DU PSEAUME 2 : *Quarè fremuerunt gentes, et pópuli meditati sunt inania?*

Pourquoi les peuples de la terre
Ont-ils rugi dans leur fureur ?
Pourquoi de vains projets de guerre
Ont-ils nourri leur sombre ardeur ?
Les rois, dépouillant leurs couronnes,

(*) Afin de prévenir ces éternelles discussions de langue qui se font toujours avec tant de fruit pour la langue, je préviens que *lucidité* est un néologisme généralement adopté aujourd'hui, et qui doit l'être, puisqu'il est intelligible, sonore et nécessaire.

Se sont élancés de leurs trônes
Pour se munir du fer cruel ;
Et de leur cohorte insolente
La rage impie et turbulente
Ose défier l'Eternel.

Ils disent : « D'un vil esclavage
» Nous devons tous briser les fers. »
Le roi des cieux entend l'outrage,
Et rit de leur dessein pervers.
Bientôt son courroux légitime
S'allumera contre le crime
De ces insectes révoltés,
Et les accents de sa puissance
Soudain réduiront au silence
Leurs bataillons épouvantés.

Et moi de ce Dieu redoutable
Je tiens le sceptre d'Israël,
Moi qui de son culte immuable
Chante le précepte immortel.
Il m'a dit : « Fils de mes entrailles,
» J'enfermerai dans tes murailles
» Les hommes des pays divers.
» Parle, et si ton cœur le désire,
» Je vais étendre ton empire
» Jusqu'aux bornes de l'univers.

» Dans la maison de l'indocile
» Ta main de fer mettra le deuil :
» Comme on brise un vaisseau d'argile,
» Tu briseras son fol orgueil.
» Comme ombragé d'un cèdre antique
» L'œil du voyageur pacifique
» Ne se lève qu'avec respect,
» Sous tes loix je veux que le monde,
» Saisi d'une terreur profonde,
» Se taise et tremble à ton aspect. »

Reconnaissez donc votre offense,
Mortels ceints du bandeau royal,
Qui jugez dans votre puissance
La terre à votre tribunal.
Que votre majesté sacrée,
Par tous vos sujets révérée,
Révère à son tour le Seigneur ;
Et devant sa grandeur première,

Le front couché dans la poussière,
Humiliez votre grandeur.

Gravez les lois de sa doctrine
Sur vos palais, dans votre cœur :
Craignez la vengeance divine,
Craignez le sentier de l'erreur.
Lorsque le feu de sa colère
D'une royauté passagère
Viendra dévorer le pouvoir,
Heureux qui, déserteurs du vice,
Dans son infaillible justice
Auront placé tout leur espoir !

R.

L'EXIL D'APOLLON.

CONTE.

Un jour Phébus fit un délit
Dont Jupin se mit en colère ;
Junon voulut qu'on le reprît
Par un châtiment exemplaire.
» Il faut que chez les Patagons,
Dit-elle, il aille apprendre à vivre ;
» Ou que la terre des Lapons
» Pour quelques bons mois nous délivre
» De ce vaurien : c'est mon avis.
— » Un instant veuillez bien attendre,
Dit Minerve, dans ce pays
» Il aurait encor des amis ;
» Mais il faut l'exiler en Flandre.

D . . . , de Lille.

A UNE DAME

qui se défendait de savoir le grec.

Si les Grâces, Thémire, en Grèce ont vu le jour,
J'ai lieu de m'étonner que des trois la plus belle,
Sans nul égard pour son ancien séjour
Ait oublié sa langue maternelle.

S.

MON DÉLIRE.

ROMANCE.

AIR : *Portrait charmant, portrait de mon ami.*

Calme enchanteur ! la nature sommeille.
Prête, Apollon, ta lyre au Dieu d'amour ;
Et les accents qui la charment le jour
La nuit encor charmeront son oreille.

» Du rossignol la douce mélodie,
» L'écho plaintif qui redit son ardeur ;
» L'écho brillant qui redit son bonheur,
» Plaisent bien moins que la voix d'Hersilie.

» Le doux éclat du ciel de l'Italie,
» L'astre modeste au front pâle et touchant,
» L'astre plus fier au front éblouissant,
» Plaisent bien moins que les yeux d'Hersilie.

» Dans le vallon la rose épanouie,
» De ses boutons les naissantes beautés,
» Des arts puissants les prodiges vantés,
» Plaisent bien moins que les traits d'Hersilie.

» Tant qu'on verra la nature embellie
» D'ombre et de fleurs au printems se parer,
» Amour, je fais le serment d'adorer
» La voix, les yeux et les traits d'Hersilie.

Est-ce un prestige ? une main qui m'attire
Dans tous mes sens allume un feu nouveau.
Dieu des Amours, ressaisis ton flambeau,
Et de tes doigts laisse échapper ta lyre.

ÉDOUARD B. , *âgé de 15 ans.*

ÉPIGRAMME RENOUVELÉE DES GRECS.

Ci-gît une femme parfaite,
N'écoutant point mauvais propos,
Ne disant jamais d'aigres mots.
Las ! elle était sourde et muette.

O.

LE CÈDRE.

FABLE.

Dans son adolescence à peine,
Un Cèdre en liberté, haut déjà comme un Chêne,
D'un beau parc était l'ornement :
Ses rameaux circulairement
Couvraient à trente pas la plaine,
Et les plus bas touchaient l'arêne.
Un nouvel Inspecteur trouva
Sa forme roide et monotone :
« Qu'on élague ces branches-là,
Dit-il, et dès lors ce beau cône,
« Qui du sol se détachera,
« Élégamment s'élancera. »
On obéit ; l'arbre superbe
Périt : la sève l'étouffa.

Hélas ! plus d'un rhéteur imberbe
Erre dans un semblable cas.
Vous qui guidez l'essor de l'ardente jeunesse,
Sachez reprendre sans rudesse ;
Dirigez, ne mutilez pas.

M. O. B. Duhamel, *de Lille.*

L'ORAGE.

FRAGMENT D'Atala.

Viens cette heure brûlante où l'oiseau des forêts
Goûte en paix la fraîcheur dans le creux des cyprès,
Où des travaux laissés au loin dans la savane
L'agriculteur indien revient à sa cabane,
Suspend au savinier la crosse du labour,
Et va se dérober aux feux perçants du jour ;
Le désert devint calme et les cieux se couvrirent,
La lumière et le bruit à la fois s'éteignirent,
Jeté sur la nature, un voile universel
Attrista les bosquets d'un effroi solennel.
L'épouvantable horreur de ces forêts muettes
Glaça les animaux jusques dans leurs retraites,
Et la terre en silence attendit son destin.

Bientôt le sourd fracas du tonnerre lointain,
Prolongé dans ces bois aussi vieux que le monde,
Et troublant le repos de la terre et de l'onde,
En fait sortir des sons inconnus jusqu'alors.
Du fleuve au même instant nous regagnons les bords,
Et fuyons sans retard ses dangereux rivages.
   Tremblants, nous avançons vers de sombres bocages,
Des végétaux rampants les nœuds multipliés
D'innombrables filets embarrassent nos pieds.
Sous nos pas incertains murmure un sol humide,
Partout interrompu par un gouffre perfide.
Là, d'énormes oiseaux, des insectes ailés,
Dérobent la lumière à nos yeux aveuglés;
Ici, le tigre et l'ours, cachés sous les ombrages,
Épouvantent nos cœurs de leurs concerts sauvages.
   L'obscurité redouble. Abaissé par son poids,
Le nuage plus noir semble atteindre les bois.
Tout-à-coup l'éclair brille et déchire la nue,
S'égare en serpentant et fuit à notre vue.
Tandis que le retour d'une profonde nuit
De lugubres pensers agite notre esprit,
Un vent impétueux, ministre des orages,
En un vaste chaos confond tous les nuages.
La pluie en longs torrents descend du haut des airs,
Et le ciel traversé par de nombreux éclairs,
Fermant et coup sur coup rouvrant ses larges fentes,
Découvre un nouveau ciel et des plaines ardentes.
   Sous l'effort redoublé d'un souffle destructeur
Dont la noire tempête anime la fureur,
La masse des forêts plie avec violence.
Spectacle plein d'horreur et de magnificence!
Tout l'orage à la fois étale ses progrès :
La foudre en divers lieux allume les forêts,
Et la flamme élancée à travers leurs arcades,
Entoure en ondoyant leurs vertes colonnades.
Elle envahit le ciel; son affreuse lueur
Des ombres de la nuit sillonne l'épaisseur;
Et le ciel à son tour de sa foudre brûlante
Nourrit, anime, accroît la flamme dévorante.
Les éclats répétés de mille embrâsements,
Les plaintes, les clameurs, les cris, les sifflements,
Les fracas des torrents lancés dans les campagnes,
Redits par les échos du ciel et des montagnes,
De la foudre et des vents le terrible concert
Ont d'un bruit effroyable assourdi le désert.
   Le Grand Esprit le sait! A cette heure cruelle,
Mon cœur plein d'Atala ne frémit que pour elle,

A l'ombre du bouleau qui nous servait d'abri,
Mon corps fut le rempart de ce corps si chéri,
Et je le préservai des gouttes que l'orage
Envoyait jusqu'à nous de feuillage en feuillage.
Contre le tronc de l'arbre assis dans un ravin,
La tenant sur mon cœur, je réchauffais sa main
De ma bouche amoureuse et de ma main jalouse,
Et j'étais plus heureux que la nouvelle épouse
Dont le sein fécondé sent depuis quelques jours
Les doux tressaillements du fruit de ses amours.

T.

LE SAULE ET LE RUISSEAU.

LE SAULE.

Pourquoi ton onde fugitive
Veut-elle m'échapper toujours ?
Mes rameaux ombragent ta rive,
Et ne troublent jamais ton cours ;
Vers toi j'incline mon feuillage,
Et dans mes abris mille oiseaux
Viennent unir leur doux ramage
Au doux murmure de tes eaux.

LE RUISSEAU.

O toi qui pleures sur ma rive
Les folles erreurs de mon cours ;
Saule, mon onde fugitive
Loin de toi coulera toujours.
Tu m'accuses d'indifférence,
Et ce reproche est mérité ;
Mais je suis né pour l'inconstance,
Et toi pour la fidélité.

Q.

ÉPIGRAMME IMITÉE LIBREMENT DE MARTIAL.

Paul achette un poëme et devient un Homère ;
Paul achette une lyre et devient musicien.
Paul, il te reste encore une autre emplette à faire :
Achette la vertu pour être homme de bien.

V.

STANCES MORALES.

———

Heureux ! mille fois heureux
L'homme exempt d'inquiétude,
Qui vit dans la solitude,
Et de pensers généreux
Fait sa plus chère habitude !

Une douce volupté
Tient son âme épanouie ;
Libres de haine et d'envie,
Au sein de l'obscurité
Coulent les jours de sa vie.

Sans craindre les coups du sort,
Ni la fortune volage,
Instruit des leçons du sage,
De la naissance à la mort,
Calme, il franchit le passage,

Tel un paisible ruisseau,
Doux espoir de la fontaine,
Parcourt lentement la plaine
Et roule engloutir son eau
Dans la rivière prochaine.

Mais plus heureux le mortel
Qui, placé par la Fortune
Loin de la foule commune,
Peut en son destin cruel
Aider l'humaine infortune.

D'une heureuse autorité
Bienfaisant dépositaire,
De son pouvoir salutaire
Il dispose avec bonté
Pour le bonheur de la terre.

Le chêne aux vastes rameaux
Abrite de son feuillage,
Et défend contre l'orage
Les modestes arbrisseaux
Qui croissent sous son ombrage.

L'œil aime à voir un esquif
Glisser sur l'onde docile,
Et, dans sa course facile,
Aborder loin du récif,
Sur une rive tranquille;

Mais quel spectacle plus beau
Alors que sur le rivage
Paraît, vainqueur de l'orage,
Ce majestueux vaisseau
Qui triompha du naufrage !

LELEUX.

A NAIS.

Naïs, moins tendre que coquette,
Tu ne voulais que m'enflammer.
Eh ! bien, jouis de ta conquête,
Et vois combien l'on peut t'aimer.
Ma défaite te rendra vaine ;
Hélas ! ton cœur n'est qu'orgueilleux,
Et le mien ne serait qu'heureux
Si je jouissais de la tienne.

ÉDOUARD CORBIÈRES.

DISTIQUE.

Herois tumulo solummodò pone cupressos ;
Enascetur enim laurea sponte suâ.

TRADUCTION.

Ne plante que des cyprès au tombeau d'un héros ; car le laurier y croîtra de lui-même.

Le mot de la dernière énigme est LEO où l'on trouve *Léon, Lion,* et un signe du zodiaque.

DE L'INFLUENCE

DES IDÉES TRISTES EN LITTÉRATURE.

LA nature a placé dans le cœur de l'homme un penchant irrésistible vers la mélancolie, et une sorte d'attrait à fouiller dans les abîmes de la pensée. C'est en vain que le torrent des plaisirs dissipe son ame, que la variété des tableaux distrait ses yeux, il revient toujours à ces rêveries plus délicieuses que les souvenirs des fêtes les plus brillantes. Au milieu des éclats bruyants de la joie, du tumulte du monde, une sentence, un seul mot échappé au hasard l'arrache aux choses extérieures où son attention est fixée, pour le replonger dans le vague de ses réflexions, et le ris de la gaîté est suivi du soupir de la tristesse ou du silence de la méditation.

La source de ces inconséquences apparentes est dans la sensibilité dont l'homme est doué, et qui demande continuellement un aliment. On ne peut l'abuser par l'appareil imposant et trompeur des fausses jouissances. Le bruit peut étourdir l'oreille, l'éclat peut fasciner les yeux ; mais revenue de ce premier vertige, l'ame, avide de jouissances positives, en cherche dans tous les objets qui les font naître. La solitude, la retraite, la lecture sont ses refuges pour échapper au vide dont elle a horreur. C'est là qu'elle se réveille de sa léthargie ; c'est là qu'elle vit.

On m'objectera la soif de dissipation dont la plupart des gens sont dévorés, et les soins qu'ils prennent pour se procurer une existence tumultueuse et extérieure ; mais cette agitation perpétuelle n'est que l'effort des sens armés contre l'ame. Le bonheur est le principal but des actions de l'homme ; mais il croit le trouver où il n'existe pas. Il le place dans une succession rapide d'impressions légères, dans l'absence de la pensée. Et moi j'adjure tous ces êtres frivoles emportés par le tourbillon commun : ont-ils rapporté de leurs excursions l'objet de leurs désirs? Hélas! ils les ont réitérées jusqu'à satiété, et ils sont enfin revenus, le cœur desséché, les sens flétris, dégoûtés des faux plaisirs, insensibles aux plaisirs réels, et de plus inconnus à eux-mêmes à force d'avoir voulu se dérober à la vérité; ce qu'ils souhaitent finit par devenir pour eux une énigme.

Si l'on peut être soutenu dans cette pitoyable carrière, ce n'est que par la vanité, par l'impossibilité de sentir, enfin, par la privation des qualités qui constituent la créature raisonnable. En effet, fatiguer son corps par des sauts cadencés; répéter machinalement quelques locutions adoptées par une politesse conventionnelle; paraître triste, gai, sot, spirituel, selon les lieux, les tems, et les personnes; renoncer à ce qui est pour admettre ce que d'autres sont convenus de faire exister, et changer ainsi de livrée à chaque instant, tout cela rabaisse la dignité de celui que Dieu forma à son image: aussi l'homme supérieur, même l'homme ordinaire mais judicieux, est bientôt désenchanté des voluptés illusoires que lui promettait le commerce du monde; il trouve qu'un carnaval de trois jours est assez pénible à essuyer, sans qu'il soit encore forcé de prendre un rôle dans une perpétuelle comédie, dénuée de mérite et surtout d'intérêt.

Supposons le cas le plus favorable, les succès fondés sur ce qu'on nomme esprit. O la belle satisfaction pour qui pense, que d'être réduit à emprunter un masque pour gagner de mauvais juges! quelle gloire pour lui d'effacer un sot par des sottises! combien n'est-il pas enivré de plaisir par les éloges qu'on prodigue aux prétendus bons mots qu'il réprouve lui-même, et dont aucun ne pourrait être publié même comme saillie! combien son amour-propre n'est-il pas flatté d'obtenir par ce qu'il condamne la réputation due à ce qui serait condamné s'il avait la maladresse de l'employer comme moyen! Assurément ces succès sont moins honorables que des chûtes.

Rien ne peut donc fixer l'ame sur ce théâtre dont tout le prix consiste dans quelques décorations fallacieuses, dont les acteurs sont astreints à mesurer leurs pas, leurs mots et leurs gestes sur les préjugés nommés *convenances*; où l'on ne brille qu'après s'être assez dépouillé de son caractère pour être devenu un automate décent; où l'on entend dire, avec un très bon ton à la vérité, plus de niaiseries, plus d'inepties que toutes les presses de l'Europe ne pourraient en imprimer en vingt ans; où le cœur est toujours froissé, le véritable esprit méconnu, les principes violés, et le bon sens ridiculisé comme trop bourgeois. Non, non, ce n'est point là la place de l'homme vierge encore de fausses idées; il aime mieux assister au spectacle de la foire; l'affiche le prévient du moins qu'il y verra des polichinelles et une parodie.

Sans doute, si l'art d'orner des médisances et de discuter des riens, si le talent de soutenir de froides conversations dans des cercles oisifs fut cultivé de manière à intéresser l'esprit, personne ne s'en acquitta mieux que les beaux-esprits dont la France s'honore; personne ne donna plus qu'eux des attraits aux plaisirs de la société. Eh bien! ils ont été cités pour leur amabilité, sans ressentir le sentiment qu'ils causaient; ils se sont bientôt dégoûtés de plaider aux petits tribunaux où le feston en main présidaient nos savantes, où ce sexe efféminé à la fois l'esprit et les mœurs, et veut réduire à ses caprices ou aux lois de la mode les élans du génie. Ils soupiraient du fond des salons, du sein des triomphes de boudoir, après un asyle écarté où, libres des entraves imposées par la petitesse et la médiocrité, ils pussent se livrer aux pensers sublimes, aux sentimens profonds, et oublier, pour plaire à la postérité, l'art de plaire à leur siècle. Montaigne, Boileau, Montesquieu, Voltaire, etc., faisaient leurs délices de cette vie solitaire si remplie par la sensibilité, de ce repos que le génie sait occuper. Ce goût invincible pour la retraite est même exprimé dans les ouvrages de nos classiques: » O champs, s'écrie Horace (1), quand vous » verrai-je? quand me sera-t-il permis de savourer, tantôt » dans le sommeil, tantôt dans la lecture des anciens, l'agré-

» able oubli d'une vie inquiète ? » Hélas ! quel charme inexprimable respire dans ces vers ! c'est le cri de l'homme qui
veut revoir la nature. Ce retour voluptueux à l'amour des
campagnes, tous l'ont éprouvé. Qui ne se rappelle avec transport les bocages, les frais ruisseaux, les montagnes, les prairies, asyles de l'innocence et de la liberté ? Dans ces salons
où cent bougies, rivales de l'éclat du jour, revêtent de leur
molle lumière les prodiges embellis des arts citadins, un
souvenir involontaire, un charme impérieux ramène l'esprit
à l'ombre des forêts. Dégagé de ses chaînes pesantes, il revole joyeux vers sa chère patrie. Il suit les sinuosités d'une
onde sauvage, s'assied sur la roche solitaire, écoute le
bruit du torrent ; et là, plongé dans la rêverie, il envie le sort
de l'homme qui ne connaît rien au-delà de son horizon, et
pour qui la terre voisine est une terre étrangère. Il contemple
avec un sentiment de regret ces prés fleuris, ces forêts murmurantes, ces claires fontaines fréquentées des timides colombes, ces ravissants déserts dont les harmonies bannissent
graduellement les noires inquiétudes. Le voile qui couvre
leurs beautés secrètes se lève peu à peu ; il les voit, les admire, et goûte enfin l'ineffable plaisir de l'illusion. Mais hélas !
il regarde autour de lui avec des yeux dessillés, et soudain
s'évanouit sa félicité passagère ; l'arbre même sous lequel il
était assis disparaît avec son ombre fantastique.

Oh ! que les poëtes ont mieux connu les hommes que les
philosophes ! Les philosophes, dans des livres dictés par la
raison, n'ont parlé qu'à la raison. Dédaignant de séduire le
cœur, ils ont voulu devoir à l'esprit le triomphe que les
poëtes ont fondé sur la sensibilité de leurs lecteurs ; et sans
condamner le style des philosophes, j'ose affirmer que quiconque a l'art d'accorder le sien avec la nature, peut compter
sur le succès le plus durable. Ce triomphe est établi sur
l'homme même, et l'homme ne change pas. Si tout voyageur, égaré dans une campagne embellie par les efforts de
l'art et les dons de la nature, éprouve une mélancolie pleine
de charme à l'aspect inattendu de quelques ruines éparses

sur le fond du tableau champêtre et animé ; si des fleurs, des arbustes, lui laissant entrevoir à travers leur verdure une tombe solitaire, réveillent en lui les sensations profondes produites par l'opposition de la vie et de la mort, assurément de pareilles images dans la poésie exerceront sur tout lecteur le même empire. Chacun lira avec le même attendrissement une ode voluptueuse d'Horace où la description du printemps est terminée par l'idée qu'il faut un jour abandonner tous les biens accordés par le hasard à la fragilité humaine (2) ; chacun sera touché de voir dans les peintures des poètes érotiques les roses du plaisir mêlées aux cyprès funéraires; chacun sera transporté par ces beaux vers de Virgile, par cette admirable poésie où la mollesse et le sentiment réunissent leurs teintes sublimes (3) ; chacun versera des larmes à ces derniers chants de quelques amis des Muses qui exhalaient leurs adieux au monde sur des lyres harmonieuses (4), et ces impressions seront d'autant plus vives, que l'art de l'auteur aura employé plus de contrastes pour donner à ses ombres un ton tranchant, détaché du reste du paysage. Mais que parlé-je d'art! L'auteur lui-même n'a suivi qu'une impulsion secrète et commandée par un instinct commun à tous les hommes : tant il est vrai qu'ils ont tous reçu en naissant cette inclination à se replier sur eux-mêmes pour se nourrir d'idées affligeantes! On retrouve chez les peuples sauvages les traces de ce goût général. Les Arabes, dispersés dans le désert, entendent avec ravissement de longues histoires de guerres et d'amours. Au milieu de la solitude, éclairés des rayons mélancoliques de l'astre des nuits, ils s'intéressent d'autant plus à leurs héros qu'ils sont plus malheureux. Nous-mêmes, nous qui sommes parvenus à tant émousser notre sensibilité, à tant dessécher notre cœur par les raffinements de l'amour-propre, par les subtiles distinctions de l'égoïsme, éprouverions-nous cette émotion déchirante à la fois et délicieuse en finissant la lecture de Clarisse Harlowe et de la nouvelle Héloïse, si ces deux romans n'étaient terminés par une catastrophe?

Comment expliquer le succès si peu présumé en France, des Tombeaux d'Hervey, des Nuits d'Young et d'autres productions de la littérature anglaise où les couleurs sombres sont même prodiguées ? Enfin, qui ne connaît Paul et Virginie ? Qui n'a lu les ouvrages de Bernardin de St. Pierre, de cet auteur immortel qui a su le mieux, je crois, émouvoir par l'heureux mélange des descriptions de félicité et de malheur ? Je conviens que mes éloges ou mes critiques n'ôteront ni n'ajouteront rien à sa réputation ou à son mérite : aussi, en professant ici mon admiration pour son talent, je ne prétends pas briller par un vain étalage de goût ; je ne fais qu'acquitter la dette contractée par le plaisir que m'ont donné ses ouvrages, et surtout cette charmante production de Paul et Virginie, dont je dirai quelques mots avant de finir mon article, pour achever de prouver ce qui en est le sujet.

L'auteur place deux familles infortunées au bout du monde, dans une colonie déjà attaquée des maux de la civilisation, mais dont quelques parties sont encore le domaine de la nature. Là, deux enfants pauvres croissent insensiblement dans des retraites agrestes et riantes. Les rayons du bonheur qui luit sur leur berceau, se propagent sur leur adolescence. Quel charme dans ces détails sur leurs habitudes, leurs goûts et leurs caractères ! avec quelle séduction de style l'historien identifie peu à peu ses lecteurs avec la situation de l'innocence ! comme il les unit par un étroit intérêt à son sort ignoré ! avec quelle adresse il fait pressentir une calamité prochaine au milieu de tout ce qui peut garantir une félicité durable ! Bientôt, en effet, l'horison rembruni menace l'asyle de la paix ; les passions européennes viennent troubler le calme insulaire. Virginie, hélas ! Virginie quitte sa cabane, ses champs, ses rochers et Paul, pour satisfaire à je ne sais quels désirs de richesse qu'elle seule ne partage pas. Des peines cuisantes, des peines dévorées, flétrissent son cœur, qui ne s'était encore ouvert qu'aux doux élans de la tendresse. Ce cœur, glacé à l'aspect du luxe et du vice, ressaisit toujours l'image adorée de sa terre natale ; il se repaît du souvenir des jeux de l'enfance, des lieux témoins d'un bonheur trop rapide. Elle revient à la fin; mais un naufrage, un excès de pudeur la font périr à la vue de son île, près des objets chéris vers lesquels s'élançaient toutes ses pensées, et qu'elle ne devait plus revoir. Paul succombe à sa douleur; les deux mères le suivent au tombeau. Un vieillard, naguère ami des deux familles, raconte cette histoire à un jeune voyageur, près des ruines des deux habitations, dans ces solitudes autrefois animées par la présence de toutes les vertus, maintenant abandonnées aux animaux sauvages. Ce vieillard pleurait le malheur de leur avoir survécu.

Le drame est simple, les incidents sont naturels, et ce qui complète l'illusion, c'est que le style, toujours harmonieux, ne s'élève jamais à cette exaltation outrée des romanciers ordinaires, ne réveille jamais l'idée du bel esprit. C'est un honnête homme qui raconte l'histoire de l'infortune; et ses pinceaux, guidés par son cœur, donnent à tous les objets les couleurs les plus vraies, les plus convenables. L'art a bien présidé à l'assemblage des matériaux, à la distribution des effets; mais il est caché par la facile régularité de l'ensemble. L'homme de lettres n'accorde qu'un suffrage d'estime à un livre qui à ses yeux ne vaut pas un poëme épique: il juge avec son esprit; mais l'homme de la nature en fait sa lecture favorite: il juge avec son ame.

Y.

NOTES.

(1) *O rus, quandò ego te aspiciam? quandòque licebit,*
Nunc veterum libris, nunc somno et inertibus horis,
Ducere sollicitæ jucunda oblivia vitæ,
Oblitus cunctorum, obliviscendus et illis?

                    Horat. lib. 11, sat. vi.

Voici comment Boileau a imité ces vers :

O fortuné séjour! ô champs aimés des cieux!
Que, pour jamais fuilant vos prés délicieux,
Ne puis-je ici fixer ma course vagabonde,

Et connu de vous seuls oublier tout le monde!

EPIT. VI.

Delille, qui a recréé en français tant de beautés latines, les a traduits ainsi :

> *O champs! ô mes amis! quand vous verrai-je encore!*
> *Quand pourrai-je, tantôt goûtant un doux sommeil,*
> *Et des bons vieux auteurs amusant mon réveil,*
> *Tantôt ornant sans art mes rustiques demeures,*
> *Tantôt laissant couler mes indolentes heures,*
> *Boire l'heureux oubli des soins tumultueux,*
> *Ignorer les humains et vivre ignoré d'eux!*

L'Homme des champs, chant IV.

Sept vers pour quatre! s'écriera quelque pédant. Quel grâce et quel mol abandon! dira l'homme de goût.

On a déjà prouvé qu'on ne peut rendre un texte latin vers pour vers, à moins de sacrifier des circonstances. La cause en est dans cet attirail de pronoms et d'articles dont notre langue se traîne accompagnée ; dans ce nombre circonscrit de syllabes qui forment notre alexandrin, tandis que celui des Romains, s'il est composé de dactyles, peut en avoir dix-sept, même davantage au moyen des élisions plus fréquentes et plus faciles chez eux que chez nous ; enfin, dans cette gêne insupportable et consacrée de la rime. C'est même une folie que d'exiger le mérite illusoire d'une briè-veté obscure, et que de vouloir y atteindre : la traduction des églogues de Virgile, par Tissot, l'a prouvé à la France littéraire. Malgré le talent de l'auteur et la flexibilité de son style, malgré l'enthousiasme des lati-nistes et leurs fastueux éloges, cet ouvrage ne jouit pas de l'estime géné-rale, parce qu'il y perce je ne sais quelle roideur, quel effort perpétuel de concision, qui en rend la lecture pénible aux personnes habituées à la facilité continue de Delille. Or, cette traduction est faite pour ceux qui ignorent le latin, et non pour les membres de l'Université. L'auteur devait donc se proposer seulement de paraître précis à des français ; et c'est là tout ce qu'on peut demander à quelqu'un qui fait passer dans une langue les richesses d'une autre. Il faut que sans altérer la physionomie de son ori-ginal, il lui donne un air aisé, et qu'il écrive sa version comme son modèle aurait écrit son ouvrage s'il eût été Gaulois, c'est-à-dire, s'il eût parlé un idiôme où la clarté est indispensable, le laconisme difficile, où l'on peut, à la vérité, viser à la précision, mais en se gardant bien de tomber dans des énigmes ou ____ des barbarismes.

Remarquons que Boileau n'a parlé ni de *veterum libris*, ni de *somno*, ni d'*inertibus horis*; que Delille n'a point fait ces omissions, et qu'il a ajouté de lui-même ce vers :

> * *Tantôt ornant* etc.

(2) *Pallida mors æquo pulsat pede pauperum tabernas,*
Regumque turres. O beate Sexti,
Vita summa brevis spem nos vetat inchoare longam :
Jam te premet nox, fabulæque Manes,

Et domus exilis Plutonia, quò simul mearis,
Non regna vini sortiere talis.

Horat. Lib. 1. Ode iv.

Nec dulces amores
Sperne puer, neque tu choreas,
Donec virenti canities abest
Morosa.

Ibid. Ode viii.

Dum loquimur, fugerit invida
Ætas.

Ibid. Ode x.

Omnes codem cogimur : omnium
Versatur urnâ serius ociùs
Sors exitura, et nos in æternum
Exilium impositura cymbæ.

Lib. ii. Ode iii.

Eheu! fugaces, Posthume, Posthume,
Labuntur anni : nec pietas moram
Rugis et instanti senectæ
Afferet, indomitæque morti.

Ibid. Ode xi.

Linquenda tellus, et domus, et placens
Uxor : neque harum quas colis arborum
Te, præter invisas cupressos,
Ulla brevem dominum sequetur.

Ibid.

Quum semel occideris, et de te splendida Minos
Fecerit arbitria,
Non, Torquate, genus, non te facundia, non te
Restituet pietas.

Lib. iv. Ode vi.

J'arrête ici mes citations. Trop d'érudition paraîtrait inconcevable à de certains critiques. Cependant qui de nous, eux ou moi, serait accusé par leur étonnement? La question est délicate.

(3) Rien de plus beau en ce genre que l'épisode d'Aristée où se trouve l'histoire d'Euridice.

Ipse cavâ solans ægrum testudine amorem,
Te, dulcis conjux, te solo in littore secum,
Te, veniente die, te, decedente, canebat.

Ces vers contiennent l'expression des regrets les mieux sentis. La répétition de te est de la plus grande beauté. Remarquons surtout cette comparaison :

Qualis populeâ mærens Philomela sub umbrâ

Amissos queritur fœtus, quos durus arator
Observans nido implumes detraxit : at illa
Flet noctem, ramoque sedens miserabile carmen
Integrat, et mœstis latè loca questibus implet.

En parlant de Virgile, le souvenir de Delille s'éveille naturellement dans l'esprit. Voici les deux traductions de ce second cygne de Mantoue :

Telle, sur un rameau, durant la nuit obscure,
Philomèle plaintive attendrit la nature,
Accuse en gémissant l'oiseleur inhumain
Qui, glissant dans son nid une furtive main,
Ravit ces tendres fruits que l'amour fit éclore
Et qu'un léger duvet ne couvrait pas encore.

Traduction des Géorgiques, liv. IV.

Telle, sur un rameau, Philomèle éplorée
Accuse son malheur, et le pâtre inhumain
Qui, remarquant son nid, a de sa dure main
Ravi ses chers petits encor nus et sans aile,
Hélas! et vainement réfugiés sous elle.
Aux rochers, aux vallons, aux échos des déserts,
Sans cesse répétant ses lamentables airs,
Seule dans l'ombre obscure elle pleure, et l'aurore,
Seule, sur son rameau l'entend gémir encore.

L'Imagination, chant III.

Les hommes de goût verront avec quel talent sont rendus, dans ce dernier passage, le *quos durus arator*, le *miserabile carmen* et l'*at illa* : le travail et le génie viennent à bout de tout, et leur imposer des entraves, c'est leur préparer des triomphes.

(4) Tels sont ces vers de Chaulieu, pleins d'une douce philosophie, de cette philosophie horatienne, qui plaira dans tous les tems : -

Fontenai, lieu délicieux
Où je vis d'abord la lumière,
Bientôt au bout de ma carrière
Chez toi je joindrai mes aïeux.

Muses qui, dans ce lieu champêtre,
Avec soin me fîtes nourrir,
Beaux arbres qui m'avez vu naître,
Bientôt vous me verrez mourir.

Transcrivons aussi les strophes de ce Gilbert si malheureux, strophes qui, n'en déplaise à Laharpe, ne périront jamais.

Au banquet de la vie infortuné convive,
J'apparus un jour, et je meurs :
Je meurs, et sur ma tombe, où lentement j'arrive,
Nul ne viendra verser des pleurs.

> Salut, champs que j'aimais, et vous, douce verdure,
>   Et vous, riant œil des bois !
> Ciel, pavillon de l'homme, admirable nature,
>   Salut pour la dernière fois.
>
> Ah ! puissent voir longtems votre clarté sacrée,
>   Tant d'amis sourds à mes adieux !
> Qu'ils meurent pleins de jours, que leur mort soit pleurée !
>   Qu'un ami leur ferme les yeux !

Terminons par ces vers de Millevoye, de ce poëte aimable enlevé trop jeune aux Muses et à l'amitié :

> Compagnons dispersés de mon triste voyage,
> O mes amis ! ô vous, qui me fûtes si chers !
> De mes champs imparfaits recueillez l'héritage,
> Et sauvez de l'oubli quelques-uns de mes vers.
> Et vous par qui je meurs, vous à qui je pardonne,
> Femmes ! vos traits encore à mon œil incertain
>   S'offrent comme un rayon d'automne,
>   Ou comme un songe du matin.
> Doux fantômes, venez : mon ombre vous demande
> Un dernier souvenir de douleur et d'amour.
> Au pied de mon cyprès effeuillez pour offrande
>   Les roses qui vivent un jour.
>   Élégies.

A MESSIEURS LES ÉDITEURS DE L'ABEILLE DU NORD.

Messieurs,

J'AI lu votre dernier article signé Y. sur la critique, et quoique je ne conteste nullement le mérite de celui qui l'a écrit, je vous avoue que je me sens de force à lui faire chanter la palinodie, malgré le sourire amer qui semble border ses lèvres en traçant ce défi satirique.

Je suis depuis trente-cinq ans, chef d'emploi dans une administration financière ; je n'ai fait que de mauvaises études, et jamais de vers. Je n'en ai cependant pas moins prospéré, et je vis plus heureux que dans leur tems Homère, Ovide, Milton, Racine, La Fontaine, Gilbert et autres poëtes de cette espèce. Quand vous m'aurez démontré l'utilité de la poésie, et où les bonnes études peuvent conduire un homme qui désire procurer l'aisance et le bonheur à ceux qui l'entourent, je me rendrai ; mais avant votre réponse, Messieurs, je me permettrai de faire quelques observations à Monsieur Y.

On ne me convertit pas facilement : je suis du parti de ceux qui n'accordent pas à la poésie le mérite qu'on lui suppose. Rien n'est plus difficile, dit-on, que de faire des vers. Je répondrai à cela qu'on se trompe, puisque tout le monde en fait, et certes d'aussi bons que ceux de Ronsard, de Malleville, de Chapelain etc., etc. Si l'on n'en fait pas comme Boileau, c'est qu'on ne veut pas s'en donner la peine ; car les poètes ne manquent pas en France, et l'Académie est aussi nombreuse que du temps de Racine. On sait le latin et le grec aussi bien qu'autrefois, puis que nous voyons des jeunes gens qui ont terminé leurs études à dix-sept ans. J'ai mon fils aîné qui n'en a pas encore seize, et qui a remporté le 1er prix de rhétorique au collège de Douai. Je l'en ai retiré *parce qu'il savait tout.* Vous me direz que Racine étudiait encore à 40 ans ; mais que m'importe s'il récitait Euripide et Sophocle de mémoire ! n'a-t-on pas dit de ses tragédies qu'elles avaient *la monotonie de la perfection ?* Suez donc sang et eau pour obtenir un semblable éloge ! On n'a jamais dit d'un financier qu'il avait la monotonie de l'opulence. Racine n'a point de monument, et je sais par un architecte de mes amis, qu'on va élever, aux environs de Cambrai, un tombeau superbe à un triple millionnaire mort dernièrement d'une indigestion de homards. Voilà un homme plus certain d'aller à la postérité avec ses homards, que M. Y avec son article sur la critique.

Voulez-vous des exemples, Messieurs, qui prouvent que ceux mêmes qui sont poètes rougissent de l'être, et abandonnent bientôt ce pénible état pour un autre plus doux et plus lucratif ? Voilà qui vous surprend, c'est cependant la vérité. Voyez M. Benjamin Constant ; il a fait jadis une tragédie en cinq actes dans laquelle il y avait deux à trois mille vers de douze pieds chacun , tout comme dans celles de Corneille et consors. A-t-il continué? non certes, il ne serait pas aujourd'hui membre de la Chambre des députés s'il était resté poëte. Il a plus gagné avec sa prose de la Minerve et de la Renommée que cent versificateurs ensemble. M. Étienne qui a fait *Conaxa*, je me trompe; je veux dire *les deux Gendres* (c'est toujours la même chose), M. Étienne, dis-je, aurait-il jamais été à la postérité avec Cendrillon et ses poésies fugitives ? M. Aignan, qui a traduit l'Iliade avec la plume de M. de Rochefort, ne serait-il pas étouffé sous les coussins de son fauteuil académique sans ses écrits politiques ? M. Michaud, auteur du Retour d'un proscrit, n'écrit-il pas en prose dans la Quotidienne ? Si Delille et Ducis vivaient, croyez-vous qu'ils n'écriraient pas dans le Conservateur ? *A bas les vers*, c'est mon cri polémique ; je le profère avec M. Dupin , nouvellement reçu dans la 3me classe de l'Institut. Il a dit dans un discours que j'ai déjà oublié, que les mathématiques seules étaient dignes des hommages universels, et que la poésie et même la littérature étaient des hochets dont on ne devait s'amuser qu'en passant. Il a dit quelque chose de plus fort que je tairai pour ne pas m'écarter de mon sujet.

Mon fils , dont je vous ai déjà parlé, se propose de vous envoyer des vers. Malgré mes remontrances , je ne puis le détourner de sa vocation : ce jeune homme est malheureusement né poëte ; il fait plusieurs centaines de vers par jour, et ne cesse d'avoir son Richelet à la main ; aussi m'a-t-il adressé pour le jour de ma fête un distique qui m'a fait pleurer de joie parce que j'ai vu qu'avec de bonnes études , en sachant bien son grec et son latin, on fait tout ce qu'on veut. Voici le distique, jugez-en :

Mon cher Papa, je serais fort content
Si dans ce jour j'avais un peu d'argent.

Il est impossible en si peu de mots de rendre davantage. Il y a dans ce distique beaucoup de simplicité et de force de raisonnement. Voilà, comme je vous le dis , où conduit le latin : mon fils sera poëte tout autant qu'il faut l'être dans le 19ᵐᵉ. siècle. Je l'en dégoûterai cependant, autant que je le pourrai ; et en lui citant MM. Benjamin Constant, Étienne, Jouy, Aignan, Michaud, qui font de la prose par rames, je n'aurai pas de peine à lui démontrer mathématiquement avec Mʳ Dupin que la prose n'est pas plus difficile, et qu'elle est plus profitable.

Faites, Messieurs, comme les académies de province : écrivez dans votre journal sur la culture des pommes de terre ; vantez ce précieux tubercule qu'on mange sans savoir ce qu'on fait ; proposez un prix de 1000 francs à celui qui trouvera un moyen économique de remplacer *les échalas dans les vignobles*, comme vient de le faire l'académie de ***** qui ne donne qu'une médaille de 100 f. à l'auteur de la meilleure pièce de vers sur la mort du général K*****. La dite pièce ne pourra avoir moins de cent vers, cela fait vingt sols par ligne ; c'est mieux payé que les insertions aux petites affiches, qui sont plus utiles.

Voilà des faits, Messieurs, et c'est sur eux que je m'appuie pour crier de toutes mes forces : *A bas les vers.* Le tems des poëtes est passé ; et malgré l'Abeille du nord, le goût qu'elle désire inspirer ne dominera pas de sitôt dans les départemens qu'elle parcourt.

J'ai l'honneur etc. etc.

*****

POÉSIE.

TRADUCTION

DE L'ODE D'HORACE : *Rectius vives, Licini, neque altum etc. lib.* 11.

Veux-tu, Licinius, embellir ton voyage ?
Crains de braver toujours Neptune et les autans,
Crains de trop effleurer un perfide rivage
Pour fuir les ouragans.

Qui chérit le trésor d'une aisance modeste ,
A l'abri laisse au pauvre un toit ignominieux ,
Laisse à l'homme opulent l'avantage funeste
  D'un portique orgueilleux.

L'aquilon plus souvent agite les grands chênes ;
Les temples de leur chûte épouvantent leurs Dieux ;
Et la foudre , épargnant la verdure des plaines ,
  Frappe un roc dans les cieux.

Un cœur bien prémuni contre une autre fortune ,
La craint dans le bonheur , l'attend dans les revers :
Le même Dieu nous rend la froidure importune ,
  Et chasse les hivers.

Si l'homme est aujourd'hui plongé dans la détresse ,
Sa peine est passagère : Apollon quelquefois
Interroge sa lyre , et n'erre pas sans cesse
  Armé de son carquois.

Oppose à la tempête un courage indomptable ;
Mais, sage au sein du calme et pilote craintif,
Modère aussi l'essor qu'un vent trop favorable
  Imprime à ton esquif.

A. DE T.

STANCES.

Hôtes légers de ce riant bocage,
Témoins discrets de mes brûlants désirs.
Plus ne chantez : votre innocent ramage
Redouble encor mes regrets, mes soupirs.

Aimais hier, aimais à vous entendre,
Ouvrais mon cœur à vos justes accens.
Ah ! c'est qu'hier étais loin de m'attendre
Que Lise aurait changé de sentimens.

Si revoyez l'ingrate qui m'oublie,
Peignez-lui bien ma profonde douleur,
Le désespoir et la mélancolie
Qui chaque jour empoisonnent mon cœur.

Non, gardez-vous d'apprendre à l'inhumain
Tous les tourmens que m'avez vu souffrir ;
Veux qu'elle dise : « Il brave donc sa peine ! »
Lorsque pour elle, hélas ! je vais mourir....

P. S.

SUR LE RETOUR DU PRINTEMS. *Traduit de Thompson.*

Les frimats ont cessé, le retour du printems
Vient inspirer la joie aux habitans des champs ;
Les entendez-vous tous bénir leur destinée
Et saluer en chœur l'aurore de l'année ?
Le chêne en nos foyers ne brûle déjà plus,
Le soleil a rendu tous leurs feux superflus.
L'arbre s'est couronné d'un tendre et verd feuillage.
Des habitans de l'air on entend le ramage ;
Et d'un rapide vol Prognée a dans les airs
Fait entendre aux échos ses amoureux concerts.
Plus loin, dans les vallons les brebis bondissantes
Broutent le serpolet et les nouvelles plantes.
Le bouc qui les protège, avec un air altier
S'élance dans la plaine et marche le premier.
Dans les champs émaillés qu'un ruisseau pur arrose
Je vois se balancer le lys près de la rose.
L'abeille en bourdonnant vient cueillir son nectar,
Et va dans ses rayons le poser avec art.
Enfin, sous un berceau j'entre et je sens encore
Les zéphyrs m'apporter les doux parfums de Flore.

MARTIN, *de Paris.*

LA POULE ET LES BOEUFS. FABLE.

Lentement dans Paris un grand troupeau de Bœufs
Traînait par chaque rue
Du bon Henri la pesante statue.
Une Poule les voit et vole au-devant d'eux :
— Est-ce à vous de traîner, leur dit-elle en colère,
» Celui qui des français fut surnommé le père ?
» C'est à moi qui devais par semaine une fois
» Aller de l'indigent soulager la misère.
— Oui, reprennent les Bœufs, oui, vous avez des droits,
» Mais où sont vos forces, commère ? »
En ceci la Poule avait tort :
Les droits sont bons... quand on est le plus fort.

L. M... *jeune.*

BEAUX-ARTS.

MUSIQUE.

———

Douai, le 10 Septembre 1819.

A MESSIEURS LES ÉDITEURS DE L'ABEILLE DU NORD.

Messieurs,

HORACE a dit : *Ut pictura poësis*, parcequ'il mettait sur la même ligne tout ce qui regarde les arts libéraux. La musique a fait en France des progrès remarquables ; elle y est devenue un délassement aux affaires importantes qui l'occupent. Je dirai plus : elle est devenue un besoin nécessaire aux plaisirs de la vie. Votre intéressant et utile Journal, par son prospectus, m'engage à vous écrire quelques réflexions au sujet de ce qui se passe dans notre ville depuis plusieurs mois, et des intrigues qui cherchent à atténuer un goût généralement apprécié.

L'envie est le vice que l'on doit le plus combattre, parce qu'il n'est que le partage des lâches, et qu'il est né de l'orgueil et de la médiocrité. Monsieur L*** est sans contredit, sur le violon, un amateur du premier rang ; il est, de plus, compositeur, et ne fait usage de sa fortune que pour encourager les artistes et propager le goût d'un art qu'il possède si bien. Son exemple a fait faire sur divers instrumens des progrès sensibles aux jeunes gens de Douai, qu'on peut regarder comme une des villes du département du Nord les plus fertiles en excellens amateurs. M. L*** a fait la musique d'un opéra qu'il a fait représenter à Cambrai. Croyez-vous, Messieurs, qu'il ait été encouragé dans une si honorable entreprise ? non certes : l'envie, qui ne dort jamais, a jeté un cri de rage, et les professeurs, qui partout sont les mêmes, se sont entendus avec un accord, qui est loin d'être si parfait dans leur exécution, pour empêcher la représentation de l'opéra annoncé, en se refusant à concourir à la formation de l'orchestre. L'envie a été déjouée: les amateurs se sont empressés de se rendre à Cambrai pour aider M. L***, qui a été très reconnaissant d'une si grande marque d'intérêt. Qu'ont fait les Midas pour se venger de cet affront? Ils ont fait lithographier une caricature contre les amateurs, et principalement contre M. L***; mais le public a fait justice de cette platitude où le bout de l'oreille des ânes dépasse entièrement.

On assure que les artistes de Douai, de Cambrai, et même de quelques villes de la Belgique, vont se réunir en grande confrérie pour donner un nombreux et bruyant concert à Douai. Ils auront beau faire, on ne pourra leur appliquer cet adage: *L'union fait la force.*

J'ai l'honneur etc.

Un amateur de Cambrai.

NOUVELLES LITTÉRAIRES.

LES DÉLATEURS,

OU TROIS ANNÉES DU DIX-NEUVIÈME SIÈCLE ;

par M. *Emmanuel Dupaty.* (*)

Le nom de *Dupaty* est un nom cher aux lettres et à l'humanité. M. C. M. J. B. Dupaty, né à la Rochelle en 1746, fut président à mortier au Parlement de Bordeaux. Magistrat sensible, philosophe profond, littérateur agréable,

(*) Brochure in-8°. Prix: 2 fr. 50 cent., et franc de port, 3 fr. A Paris, chez Firmin Didot, rue Jacob, n° 24 ; Delaunay, Corréard et Ladvocat, libraires au Palais-Royal ; Vente, libraire, Boulevard des Italiens.

il réunissait toutes les qualités que des goûts opposés en apparence semblent rendre incompatibles. Il observait avec finesse, et répandait les idées ; il étudiait les lois du pays qu'il visitait, et en traçait le tableau le plus pittoresque et le plus brillant ; il s'élevait avec le courage de la vertu contre la moindre oppression, et il avait vieilli dans le commerce du monde ; il s'indignait du sang-froid des abus, et il en voyait tous les jours. Ses idées de réforme sur les lois criminelles du tems, étaient saines et exactes ; et si les circonstances avaient favorisé son zèle philantropique, il aurait dirigé de son expérience et du fruit de ses observations le nouveau cours imprimé à la jurisprudence. Mais ce qu'il put, il le fit : il sauva trois infortunés que la bassesse de leur condition avait privés de défense et de protection ; et malgré les préjugés, l'influence du pouvoir et du crédit, il obtint un triomphe complet.

Bientôt M. Dupaty, dont la santé s'était altérée par l'impression des contrariétés et l'excès des travaux, mourut dans toute la vigueur de l'âge et du génie. Pour faire croire aux regrets causés par sa perte, on n'eut pas besoin de *jeter des fleurs sur son tombeau*. Ce langage accoutumé d'une douleur équivoque ne fut point renouvellé pour le défenseur de l'humanité. Il eut une oraison funèbre plus digne de ses vertus : ce fut la tristesse de ses amis, les pleurs de ses enfants, et les regrets de la France.

M. Dupaty laissa un ouvrage qui atteste à la fois l'homme de goût, l'amant des arts, et le publiciste éclairé. *Les Lettres sur l'Italie* sont une suite de descriptions animées et poétiques, de pensées soudaines et lumineuses, d'images hardies et vivantes. Sous la plume rapide de l'écrivain, un récit devient un spectacle, une sensation est une peinture. Je sais que d'abord l'objet d'un étonnement général, ce style presque nouveau est devenu un sujet de critique pour beaucoup de lecteurs après avoir été le sujet de leurs éloges : on blâma ces phrases brusquement coupées, qui toutes étaient construites, disait-on, de manière à *faire trait* ; on prétendit y découvrir une affectation outrée à y mettre plus de sens que de paroles ; on ressuscita toutes les accusations portées contre le genre de La Bruyère. L'envie alla plus loin : offusquée des succès du mérite, elle refusa à l'auteur la faculté d'écrire d'une autre manière. Pour le disculper de ce reproche sans fondement, il suffit de lire l'ouvrage attaqué, et surtout ce morceau sur les environs de Naples :

» Je conçois au milieu de ces ruines, je conçois dans l'état même où sont ces rivages, que lorsque ces temples étaient entiers ; lorsqu'on y célébrait les fêtes et les mystères de Vénus ; qu'on y sacrifiait à Mercure ; que ces thermes, ces étuves, ces bains, tous ces lieux de délices, de santé et de force, étaient incessamment fréquentés ; que tous ces théâ-tres étaient remplis de l'élite des grands de Rome et des beautés de l'Italie ; que ce golfe était couvert de voiles de pourpre, de banderolles flottantes et de mâts ornés de fleurs, qui emportaient et remportaient sans cesse, sur une mer jonchée de roses, une jeunesse folâtre et brillante ; qu'enfin à l'heure où le soleil descendait des cieux, à cette heure la plus corrompue des heures de la soirée, lorsque tout s'aban-donnait ici à la volupté comme à une convenance même du soir et du lieu : oui, je conçois qu'alors ce fut un reproche à faire à Cicéron d'avoir une maison de campagne à Baïes ; que Sénèque, en voyageant, craignit d'y dormir une nuit ; et que Properce crut sa Cynthie infidèle, dès qu'elle y fut arrivée. Moi-même je trouve ce séjour, quoique tant changé par les siècles et les volcans, quoique désert et semé de ruines qui pendent, tombent, et disparaissent incessamment dans les ondes, je le trouve encore dangereux. Il me semble que cet air a retenu quelque chose de son ancienne corrup-tion, dont il n'est pas épuré. Je sens mes pensées s'amollir, à ces aspects, à cette situation, à cette ombre vague, légère, qui, successivement éteint dans le ciel, sur la mer, sur les montagnes, sur le sommet des arbres, les dernières lueurs du jour ; mes pensées s'amollissent surtout à ce silence qui se répand de moment en moment sur ces rivages, et du sein duquel s'élève par degrés le touchant concert du soir, composé du bruit mélancolique des rames qui sillonnent des flots éloignés, du bêlement des troupeaux répandus dans les montagnes, des ondes qui expirent en murmurant sur les roches, du frémissement des feuilles des arbres où les zéphyrs ne reposent jamais, enfin de tous ces sons insensibles, épars au loin dans les cieux, sur les flots, sur la terre, qui forment en ce moment comme une voix incertaine, comme une respiration mélodieuse de la nature endormie. Quittons-les ces dangereux rivages, et rembarquons-nous pour Naples. »

Voilà sans doute une description pleine d'abandon, qui n'est écrite ni d'un style *saccadé*, ni avec les prétentions du bel esprit. Elle réfute toutes ces vaines accusations, ressources de la médiocrité impuissante, en même tems qu'elle prouverait que la littérature s'allie même avec les connaissances les plus abstraites et les études les plus arides, si cette vérité n'avait été depuis longtems rendue évidente par le *Temple de Gnide*, et confirmée dernièrement par les *Lettres à Emilie sur la mythologie*.

Mais je m'aperçois que le plaisir de parler de M. Dupaty père, me fait déjà beaucoup empiéter sur l'espace de l'article destiné à l'ouvrage du fils. Il est des familles heureusement ornées de toutes les espèces de gloires; et l'hommage qu'on voulait rendre à un membre, réveille l'idée d'un hommage qu'on doit à un autre. Hâtons-nous donc d'arriver aux *Délateurs*, même sans nous permettre la plus légère digression au sujet du *Poëte et le Musicien*.

Il faut sans doute mettre au rang des préjugés ou imputer aux calculs de l'intérêt personnel l'espèce de décri où un certain monde met le genre satirique. Pourquoi ne pas révéler à un homme des défauts ou des vices qu'il semble ignorer? Et si cet homme les connaît, mais s'obstine à rester vicieux, pourquoi trembler d'être l'organe de la morale outragée? Il ne faut pas tuer son semblable, parce qu'il est avare, joueur, tartuffe, etc.; mais, au lieu d'en faire part à ses voisins, à ses ennemis, à tout le monde enfin excepté à lui-même, ne vaut-il pas mieux élever noblement une voix accusatrice en sa présence, et à la face du tribunal qui juge nos travers, à la face du public? Au lieu de louer les vers de M. A. B. C. devant eux et de les déchirer en leur absence, n'est-il pas plus généreux de leur dénoncer ouvertement le ridicule qu'ils ignorent seuls, eux qui sont les plus intéressés à le connaître? et n'y aurait-il pas une lâcheté de bonne compagnie à sembler approuver par son silence ou par des équivoques avec eux, ce qu'on blâme loin d'eux?

M. Emmanuel Dupaty a divisé son poëme en trois livres, qu'il aurait pu qualifier autrement. N'importe; le sujet de ses vers les range dans un genre qu'il ne sera pas difficile au lecteur de déterminer. Voici le début:

> Il faut céder enfin à ma juste colère;
> Le crime s'enhardit, alors qu'on le tolère;
> Trop long-temps de la France il troubla le repos;
> Je déclare la guerre aux méchants comme aux sots:
> Un cœur noble avec eux jamais ne sympathise.
> Ainsi que les forfaits, je combats la sottise;
> Soit que, guidant un peuple aveugle en sa fureur,
> Elle sème en nos murs l'épouvante et l'horreur;
> Soit qu'elle ose, du siècle étouffant la lumière,
> Invoquer des vieux tems l'obscurité première,
> Et prétende, à l'erreur nous livrant de nouveau,
> Rabaisser tout mortel à son propre niveau.

Bientôt l'auteur, entrant en matière, peint ainsi la délation:

> Je sais que, trafiquant du vice et du mépris,
> Dans Paris, de nos jours, on dénonce à tout prix;
> Que la délation impudemment s'y montre:
> Le ton faux, l'œil hagard, par-tout on la rencontre.
> Elle obsède un ministre, elle assiège un bureau,
> S'introduit chez les grands, se déchaîne au barreau,
> Règne dans les salons, et s'y croit ennoblie,
> Se trouve, en talon rouge, à la cour établie,
> Poursuit Voltaire encore au fond de son cercueil,
> Accourt à l'Institut disputer un fauteuil,
> Devient pour l'ignorance un titre académique,
> Alimente de fiel maint écrit polémique,
> Avec le déshonneur entre au lit conjugal,
> D'éloigner un époux donne un moyen légal,
> Et pour peu qu'au logis sa présence vous gêne,
> Le fait obligeamment reléguer à Cayenne,
> Le tromper suffirait, sans qu'il fût déporté!

Mais, ce qui paraîtra par l'enfer inventé,
Sur tout homme d'honneur versant la calomnie ;
Levant sous nos drapeaux une tête impunie,
Au faîte de la gloire elle atteint nos guerriers,
Rampe à travers les lis pour flétrir leurs lauriers ;
Parmi les rangs français inhabile à combattre,
Ose, un poignard en main, invoquer Henri-Quatre ;
Et contre des proscrits s'exerçant à huis-clos,
Par nos propres soldats, immole nos héros :
A perdre un malheureux l'inhumaine s'attache,
Frappe, en s'enveloppant de l'étendard sans tache,
Et, monstre sanguinaire autant que déloyal,
Assassine à l'abri du panache royal.

Ce qui distingue M. Dupaty, c'est l'énergie du vers. Il est beaucoup plus difficile qu'on ne le pense, de plier à la mesure et à la rime une pensée sortie du cerveau et armée de toutes les expressions convenables, et de retrancher ou d'ajouter des mots sans lui faire éprouver une mutilation sensible. Au reste, l'auteur semble s'être joué de cette difficulté.

Greffier des délateurs, et commis breveté,
Il répare en un jour vingt ans de nullité.
Officier de bureau, vaillant, loin des alarmes,
Dès que la paix est faite, il demande ses armes.
. . . .
Qui ne dénonce pas vaut presque un dénoncé.
. . . .
Un sot est propre à tout, pourvu qu'il pense bien.
. . . .
Que de grands hommes nains, d'importans avortons,
D'un sang dégénéré languissans rejetons !
. . . .
Mais la délation peut s'attaquer à moi ;
La garde du château n'en défend pas le roi.
Aux affreuses clartés des brandons qu'elle attise,
On a vu l'Imposture unie à la Sottise,
Former, contre le trône, un pacte fédéral ;
Dès qu'il donne à la France un décret libéral,
Protester que le roi n'est pas bon royaliste ;
Sans respect, le coucher en tête de la liste ;
Et, comme ennemi né de tout vieux parchemin,
Le mettre en jugement au faubourg Saint-Germain.
On sait quels plaidoyers en ce lieu se prononcent.
Les délateurs entre eux fort souvent se dénoncent.
Contre le Désiré je tairai leurs arrêts.

De leurs *considérant* voulez-vous quelques traits ?
» Il ne fait rien pour nous ; c'est un roi philosophe,
» Il n'accorde ses dons qu'aux gens de cette étoffe.
» Quel pouvoir ou quel bien nous a-t-il départi ? »
— Il est roi des Français, et non pas d'un parti.
» — Il a, pour l'avilir, doublé la chambre haute ;
» Tous nos droits et les siens sont perdus par sa faute.
» Que n'a-t-il, en juillet, osé les ressaisir ?
» Il fallait se borner, pour Charte, au *bon-plaisir*.
» Sa Charte le fait roi ; mais nous...! Quelle faiblesse !
» Et, sans le bon-plaisir, que devient sa noblesse ?
» Le bon-plaisir remplace esprit, savoir, talents,
» Et pour tous les emplois nous rendait excellents ;
» Du rang et des honneurs grace à lui l'on hérite :
» On sait bien que le nom ne fait pas le mérite ;
» Il fait le privilége : et c'était suffisant.
» A quoi servira-t-il d'être noble à-présent ? »
Écoutez ce vieux comte, au sortir de la messe :
» Marquis, c'est donc ainsi qu'un roi tient sa promesse ?
» Pense-t-il s'acquitter, avec de beaux semblants ?
» On m'a, pour tout bienfait, comblé de rubans blancs,
» Et de brevets du lis. La récompense est mince ;
» J'en emporte avec moi pour toute ma province. »
Ces messieurs, en effet, les semaient sur vos pas ;
Et l'on en donnait même à qui n'en voulait pas.
Il fallait voir alors ces comtesses antiques,
Ces tremblants Amadis, ces preux des tems gothiques,
Exaltant leur naissance et vantant leurs exploits,
A la cour affluer, pour briguer des emplois :
Car ils s'intéressaient, ils l'ont bien fait paraître,
Au retour des faveurs, plus qu'au retour du maître ;
Et tels semblaient venir pour le féliciter,
Qui n'accouraient, au fond, que pour solliciter.
Du pavillon Marsan, au pavillon de Flore,
Grotesquement vêtus, ils trottaient dès l'aurore.
Là, chérissant la Charte, ici, la détestant ;
De près, flattant le prince, et de loin, l'insultant.
A régner pour eux seuls ils voulaient le contraindre.

L'auteur excelle dans les tableaux ; la vivacité des couleurs les met sous les yeux.

On change un général blanchi sous les drapeaux
Contre un guerrier tout fier de vingt ans de repos.
Un imberbe officier, du jour même au service,
Obtient un régiment, sans savoir l'exercice ;
Et de le commander s'il se trouve sommé,
Répond à l'inspecteur, *Je suis trop enrhumé.*

Qu'importe à tel ou tel qu'on soit inepte ou lâche ;
Les aïeux d'un marquis ont fait pour lui sa tâche. *elo.*

Ces ilotes titrés, ces tyrans de leur maître,
Qui des cours espérant voir le mérite exclu,
Pour régner sous un roi, le veulent absolu ;
Braves, dont les hauts faits se bornent à la fuite ;
Vainqueurs par l'étranger, conquérants à la suite ;
De leur propre pays infâmes détracteurs ;
De leurs concitoyens éternels délateurs ;
Dont le seul intérêt ou l'orgueil fit le zèle ;
Pour qui le mot Patrie est un cri de rebelle ;
Qui d'un Bourbon osant se proclamer l'appui,
Repoussent tous les cœurs prêts à voler vers lui,
Et sans cesse outrageant Paris et la province,
En flétrissant le peuple ont cru flatter le prince.
C'est ce bigot, qui veut, imprudent nautonnier,
Qu'on perde le vaisseau pour doter l'aumônier ;
Ce noble, qui, l'œil sec, voit croître nos misères,
Et se pâme d'amour devant nos garnisaires ;
C'est la dame aux grands airs, aveugle en ses fureurs,
Qui, soutien suranné des gothiques erreurs,
D'un sexe aimable et doux abjurant l'indulgence,
De salons en salons provoque la vengeance,
S'enroue, en agitant son risible étendart,
Dont la langue s'aiguise, et frappe en triple dard ;
Qui, tandis que l'abeille au travail s'abandonne,
En guêpe malfaisante incessamment bourdonne ;
Jusques au pied du roi des lis suçant le miel,
Le distille en venin, le décompose en fiel ;
Et, propageant des *purs* l'innocente anarchie,
Croit, à coups d'aiguillon, sauver la monarchie.
De son zèle effréné savez-vous le secret ?
Elle espère à la cour avoir le tabouret.
Et certe, il ne fut pas de faveur mieux acquise !
Elle a pleuré vingt ans son titre de marquise,
Signalé ses transports aux dépens du bon ton,
Crié, vive Blucher ! dansé chez Wellington ;
Baisé, lorsqu'il entra, la botte d'Alexandre,
Et même désiré qu'il mît Paris en cendre.
Sur la bourgeoise Églé qui l'efface en appas,
La légitimité va lui rendre le pas ;
Elle aura la harangue, en son fief de Champagne,
Et le coup d'encensoir du curé de campagne.
Quel plaisir à la cour de traîner un manteau !
D'être à genoux, au chœur, sur un riche carreau !
De se faire escorter d'un laquais en livrée !

Qu'importe que la France à l'Anglais soit livrée ?
Qu'importe notre sang, notre or, et nos moissons ?
L'orgueilleuse a repris ses anciens écussons.
Elle est, tant les grandeurs sont encor sa marotte,
Sans aimer Dieu, ni roi, royaliste et dévote ;
Oubliant qu'à l'égal de ses nobles attraits,
Des préjugés tombés ne renaissent jamais.

Ces derniers vers rappellent ce morceau de Gilbert :

Parlerai-je d'Iris ? chacun la prône et l'aime ;
C'est un cœur, mais un cœur . . . c'est l'humanité même ;
Si d'un pied étourdi quelque jeune éventé,
Frappe, en courant, son chien qui jappe épouvanté,
La voilà qui se meurt de tendresse et d'alarmes ;
Un papillon souffrant lui fait verser des larmes :
Il est vrai ; mais aussi qu'à la mort condamné,
Lally soit, en spectacle, à l'échafaud traîné,
Elle ira la première à cette horrible fête
Acheter le plaisir de voir tomber sa tête.

Je laisse à mes lecteurs le soin de comparer ces deux
portraits d'une femme de qualité.

Rien de plus touchant que cette apostrophe de M. Dupaty
à son père :

D'un marquis, il est vrai, l'atroce calomnie,
Par un affront sanglant vient d'être enfin punie ;
Mais qu'importe un arrêt contre un noble lancé ?
L'arrêt contre Wilfrid a-t-il été cassé ?
Par lui, depuis trois mois, la mort est attendue ;
L'arrêt est confirmé, la hache est suspendue :
Elle est prête à frapper !.... Du séjour du trépas,
Venez la détourner, défenseurs des Calas,
Des Sirven, des Verdure ! Et toi surtout, mon père !
J'ai prononcé ton nom ; que l'innocence espère !
Ton exemple à Wilfrid a fait un défenseur.
Un illustre écrivain sera ton successeur.
Un beau trait nous honore encor plus qu'un beau livre ;
Dans la postérité la vertu nous fait vivre.
J'ai gravi sur le roc où tu fus enchaîné,
Lorsque tu défendais l'innocent condamné ;
Les maux que tu souffris attristaient ma mémoire ;
Mais j'oubliais tes fers en contemplant ta gloire ;
Au prix des mêmes fers puissé-je t'imiter !
Pour la France et l'honneur mes chants vont éclater.
De mes vers généreux, empreints de ton courage,
A tes mânes alors j'oserai faire hommage.

Dans ces tems où le crime avait tout confondu,
Le sentier paternel sous mes pas s'est perdu ;
Et de rang et de biens dépouillé par l'orage,
J'allai chercher au Pinde un reste d'héritage,
Emportant, sur la rive où le sort m'a jeté,
Ton amour pour la gloire et pour la liberté.
Là, de tes sentimens j'ai conservé la flamme ;
Heureux si, me montrant héritier de ton ame,
Tu pouvais, à l'ardeur qu'il sent pour son pays,
Au défaut de talents, reconnaître ton fils !

Quand M. Dupaty s'élève à des tons élevés, sa lyre rend des sons qui transportent l'ame.

Oser former le vœu qu'un jour, de nos remparts
Nos drapeaux déployés chassent les léopards,
(Tant de toute bassesse ils ont le privilège)
A ces plongeons de cour semble un vœu sacrilège !
D'un regret sur l'honneur on les voit s'irriter !....
Ce qu'on n'a jamais eu peut-il se regretter ?
Sommes-nous donc réduits à cet excès d'outrage,
Q'en France être Français soit un trait de courage !
Que rappeler Bovine, et Marsaille, et Rocroi,
Blesse, à de certains yeux, la majesté du roi ?
Qu'espérer affranchir leur propre territoire,
A l'honneur des Bourbons paraisse attentatoire ?
Que des Français parés des couleurs de Henri,
Décorés du portrait de ce portrait chéri,
Me prétende contraindre à passer sous silence
Que de battre l'Anglais nous eûmes l'insolence !
Levez-vous, grand Condé, Turenne, Catinat,
Et vous, qui, de nos jours, non moins chers à l'état,
En triomphe ameniez, de Grenade et Minorque,
Les vaisseaux d'Albion, traînés à la remorque !
Vous, aux mers d'Aboukir, vaincus avec honneur !
Vous, héros, qui montiez cet immortel Vengeur,
Que j'ai vu dans l'abyme, en cédant la victoire,
Descendre pavoisé des couleurs de la gloire !
Levez-vous tous, guerriers, soldats et matelots,
Qui, depuis neuf cents ans, sur la terre et les flots,
Combattant pour l'honneur et servant la patrie,
Sous les coups de l'Anglais avez perdu la vie !
Venez voir des Français, trop peu lâches encor,
Exiger qu'à genoux nous lui comptions notre or ;
Que payant, chapeau bas, le droit de vasselage,
Comme à des suzerains nous lui rendions hommage,
Et craignions de montrer l'espoir trop imprudent
De ressaisir sur lui notre part du trident, etc.

Marceau, Kléber, d'Esling, Montebello, d'Istrie,
Ombres, qui déplorez notre gloire flétrie,
Comptez sur les héros qui vous ont survécu.
Leur bras fut enchaîné, mais ne fut point vaincu.
Le jour où pour jamais renaîtra la lumière,
Les ossements humains blanchis sur la poussière
Se joindront ranimés ! Immortel, radieux,
L'homme alors renaîtra semblable, égal aux dieux.
Ainsi, par ses affronts quand la France enflammée,
Dans les champs de l'honneur rappellera l'armée,
De ce grand corps détruit tous les membres épars
Se rejoindront unis contre les léopards ;
Et reprenant en main le glaive tutélaire,
Sur son roc embrumé repoussant l'insulaire,
De la gloire atteindront la dernière hauteur.
J'estime un conquérant moins qu'un libérateur.
La victoire aux Français redeviendra fidèle ;
Vous nous avez rendu de Pharsale, d'Arbelle,
D'Issus et de Zama les triomphes lointains.
La France attend de vous des succès plus certains.
Rendez-nous Marathon, Salamine, et Platée ;
De retour aux combats, je vous rendrai Tyrtée.
Nos vieux soldats sont morts, leurs fils sont dans nos rangs ;
De notre liberté devenus les garants,
Ils se rappelleront, volant à sa défense,
Que des cris de victoire ont bercé leur enfance,
Et voudront devant nous revenir couronnés
De ces mêmes lauriers sous lesquels ils sont nés.

M. Dupaty termine ainsi la 3me partie de son ouvrage :

J'ai cédé sans effort à l'espoir que la France
Verrait sous un Bourbon la fin de sa souffrance ;
Mais sans fouler aux pieds un noble souvenir ;
Mais demandant la gloire encor pour l'avenir ;
Mais sans que nul bienfait sortît de ma mémoire.
Je voulais des vertus où je voyais la gloire ;
Mais je prétends la gloire où sera la vertu.
De toutes deux un roi doit être revêtu,
Sur-tout s'il est Français et fils de Henri quatre :
C'est aidé de Henri que je veux vous combattre.
Acceptez le défi ! J'y cours quelque danger ;
Mais quand je sers l'honneur qui pourrait m'outrager ?
Ma voix par vos serpens ne peut être étouffée :
Les serpens de l'enfer n'ont point fait taire Orphée !
Pour un amour profane il accorda son luth.
La patrie à mes chants offre un plus noble but ;

Et de tout vrai français libre et franc interprète,
Si l'indignation peut faire un vrai poëte,
D'une lutte nouvelle arborant le signal,
Ressaisissant encor les traits de Juvénal,
Ainsi qu'en un gibet, à l'exemple d'Horace,
J'irai clouer vos noms aux fourches du Parnasse ;
Et de tout délateur délateur redouté,
Dénoncer vos forfaits à la postérité :
Ou plutôt, dédaignant vos fureurs insensées,
Vers le seul bien public élevant mes pensées,
Tel que l'oiseau des mers, en planant dans les cieux,
Brave le vain courroux des flots séditieux,
Par des cris de douleur, par des chants d'espérance,
Essayant d'enflammer, de ranimer la France,
J'irai, de leurs flatteurs fesant taire la voix,
Porter la vérité jusq'au trône des rois.

Si je faisais au lecteur toutes les citations que je lui dois,
elles excèderaient les bornes du numéro. Tous les passages
du poëme sont remarquables par une vigueur de style, trop
rare dans nos écrivains. L'indignation est mère des chants
inspirés ; on s'en convaincra par la lecture des *Délateurs*.
Je crois que depuis longtems une production aussi remarquable n'est venue enrichir notre littérature. Les deux *vive
le roi* sont une véritable beauté : l'antithèse, qui trop souvent
ne sert qu'à refroidir le style, lui donne ici une chaleur dont
je croyais notre poésie peu susceptible ; ce morceau, écrit
avec une facile rapidité, produit une émotion involontaire
dans le cœur de tout homme qui sent. La *Minerve*, dans sa
74e livraison, a fait remarquer ce passage ; mais il est tellement frappant, qu'il n'a pas besoin d'être signalé.

Je n'examinerai point si M. Dupaty a rappelé dans plusieurs passages Boileau et Delille ; nous avons toujours la
manie des comparaisons pour faire connaître l'inconnu par
le connu. Mais ici cette méthode serait impraticable : M.
Dupaty n'a pas dans la littérature française de prédécesseur
dans son genre. Son ton fier et noblement audacieux n'appartient qu'au tems où nous vivons. Ce n'est point le bel
esprit qui déploie ses grâces, c'est la raison qui parle en s'or-
nant quelquefois des parures de la poésie.

La colère du poëte contre les délateurs n'est point feinte. On sent qu'il n'a point essayé de faire des vers, qu'elle seule les lui a dictés ; c'est un mérite aujourd'hui.

Mais ne cachons pas les défauts du poëme. Quelques hémistiches faibles, des transitions brusques, des inégalités de style, en altèrent le mérite ; c'est surtout la profusion dans les détails, qui affaiblit par fois le nerf de l'ouvrage. La marche de M. Dupaty est celle d'un fleuve qui roule impétueusement ses flots entre deux chaînes de rochers, mais qui, rencontrant des plaines, inonde ses rives, et ralentit son cours.

Malgré ces taches, l'ouvrage de M. Dupaty, frappé d'un caractère remarquable, prendra une place distinguée dans les meilleurs poëmes du siècle.

Y.

FRAGMENT
D'UN NOUVEL ART POÉTIQUE.

Qui me délivrera de ces petits auteurs
Dont les vers innocents, juste effroi des lecteurs,
Encensent tour à tour la laideur, la sottise,
Font de Roch un Voltaire, une beauté de Lise ?
Qui me délivrera de ces fades sonnets,
De ces doux impromptus, de ces jolis couplets,
Où l'on voit à propos d'un bourgeois de la ville,
Tous les dieux de la fable arriver à la file ?
L'un, tout extasié du débit d'un sermon,
Dit au prédicateur, *vous êtes Fénélon ;*
L'autre à la grand'maman que la fièvre indispose,
Vous êtes une fleur nouvellement éclose.
Rivaux d'Anacréon, petits ambitieux,
Vous serait-il égal d'être moins ennuyeux ?
L'eau rose d'une main et de l'autre une plume,
De madrigaux musqués vous faites un volume ;
Le volume périt, et c'était là son sort :
La critique réveille et la louange endort.

Vains discours ! dès qu'ici débarque un personnage,
Leur troupe en est instruite et le guette au passage ;
Et déjà je les vois dans des couplets *charmants*

Psalmodier l'ennui de leurs longs compliments;
Déjà je vois leur chef, fidèle à sa devise;
D'un nouveau madrigal achever l'entreprise,
Et des vieux almanachs ressuscitant les vers,
Toujours citer à tort et louer de travers;
Et lorsqu'il a fini le sujet qui l'inspire,
Je l'entends s'écrier dans son chétif délire;
» Me reste-t-il encor quelque sot à vanter,
» Une noce, un patron, un baptême à chanter?
» Me voici, je suis prêt; profitez de ma verve,
» Mon Pégase est en train, et je veux qu'il vous serve;
» Plus tard, il n'est plus temps. » Et tout à ses amis,
Il célèbre pour eux et Duval et Damis
Et Céphise et Dorante et Laure et Célimène,
Gens qu'il ne connaît pas ou qu'il connaît à peine;
Il loue, il loue, il loue, et toujours en louant
Il se traîne essoufflé jusqu'au bout de son chant,
Chant monotone et faux, dénué d'harmonie,
Qui prouve un très bon cœur et fort peu de génie.
     Que le génie est rare au siècle où nous vivons!
On rime un vieux bon mot, on fait bien les chansons;
Par le charme apprêté d'une froide élégance
On pare adroitement sa stérile abondance;
On sait même, l'on sait d'une imposante voix
Pour planter des oignons nous prescrire lois,
Et dire en mots choisis de quel engrais fertile
Il faut aider les sucs d'un légume débile;
On sait faire un poëme imprimé sur velin,
Satiné, précédé d'un portrait au burin;
Chef-d'œuvre du talent du graveur et des protes,
Très mince par les vers, mais très gros par les notes;
Mais ce présent du ciel, ce pouvoir créateur
Qui sauve du néant et l'ouvrage et l'auteur;
Qui, fuyant les sentiers battus par le vulgaire,
Imprime à ce qu'il fait un nouveau caractère,
Le génie en nos jours a le sort du bon goût:
Comme on n'en trouve plus, on en parle partout.
Hélas! il est passé le siècle des prodiges,
Ce siècle où, du clinquant méprisant les prestiges,
Les auteurs s'annonçaient avec moins de fracas,
Jugeaient bien, faisaient bien et n'en discouraient pas;
Ils dédaignaient de plaire à quelque coterie;
Ils voulaient illustrer, éclairer leur patrie,
Et lorsqu'ils s'efforçaient à paraître *charmants*,
C'était par de bons vers, non par des compliments;
Aussi leurs noms connus et revêtus de gloire,
Vivront-ils plus d'un jour au temple de mémoire.
     Vous donc qui sur le seuil de ce temple fameux

Brûlez d'aller un jour vous asseoir auprès d'eux ;
Puisque sans doute afin d'expier quelques crimes
Un instinct vous condamne à pâlir sur des rimes,
Croyez-moi, laissez-là tout ce fade jargon,
Ces accents langoureux des Dorats du bon ton,
Et loin d'y consumer votre feu poétique,
Embouchez, s'il le faut, la trompette héroïque ;
Au ton mâle et sublime élevez votre voix,
Osez de nos héros célébrer les exploits.
Je conviens avec vous que ce rude langage
N'aura point des Iris le délicat suffrage ;
Que vous n'entendrez point retentir les salons
Des éloges donnés à vos quatrains mignons ;
Que vous n'entendrez point, en faisant la lecture,
D'un cercle adulateur s'élever le murmure ;
Que votre ouvrage enfin ne sera point cité :
Mais d'un censeur obscur l'éloge mérité
Vaut autant, selon moi, que ce bruit de paroles
Dont on est étourdi par ces juges frivoles,
Vaut mieux que ce torrent de mots approbateurs
Que prodiguent toujours ces sots admirateurs.

EMMANUEL FER . . . , de Clermont.

L'OREILLER.

Sur ces coussins voluptueux
Où chaque nuit son front repose,
Je veux de baisers amoureux
Humecter le lin précieux
Qu'effleura sa bouche de rose....
Venez tous abuser mon cœur,
Songes d'amour, douces chimères !
Restez, plaisirs imaginaires ;
Je fais le rêve du bonheur.

ÉD. CORBIÈRES.

DISTIQUE,

MIS AU BAS D'UNE STATUE DE L'AMOUR,

imité librement de Métastase.

Crains, mortel imprudent, crains le dieu de l'erreur !
Qui l'affronte est vaincu, qui le fuit est vainqueur.

A., de Dunkerque.

MACÉDOINE LITTÉRAIRE.

Tout le monde fait de l'érudition ; autrefois on la gardait pour soi ; comme je ne veux pas être en reste avec tous les écrivains du jour, je vais suivre aussi le torrent et déployer la mienne. L'érudition n'est autre chose que le résultat de ce que l'on a recueilli dans les divers ouvrages qu'on a lus ; conséquemment le plus érudit est celui qui a le plus de mémoire. Voyons si la mienne peut me tenir lieu de génie.

— Voltaire a dit qu'il était permis de piller dans tous les auteurs : « *Il en est des livres comme du feu dans nos foyers,* » *on va prendre ce feu chez son voisin, on l'allume chez soi,* » *on le communique à d'autres et il appartient à tous.* » C'est ce que je vais faire ; mais, comme j'ai de la conscience, je rendrai à César ce qui appartient à César, chose que ne font point les écrivains d'aujourd'hui.

— Les auteurs se déchirent dans le 19me siècle ; ils se louaient dans le 18me, et même se cassaient le nez à coups d'encensoir. Comme les extrêmes se touchent, cela revient au même, avec cette différence que la seconde manière est plus polie. M. Volant a fait pour le portrait de Lalande, célèbre astronome et célèbre athée, le quatrain suivant :

> Il mesure avec ce compas
> Les cieux moins grands que son génie ;
> Il y voit, rival d'Uranie,
> Tout, hors l'être qu'il n'admet pas.

Les cieux moins grands que son génie ! Le coup d'encensoir n'est certes pas donné de main morte. Je crois même que cette pensée renferme un peu d'athéisme, et contredit le reproche du dernier vers.

— Bien des gens croient que Voltaire était athée ; ma mémoire me fournit la preuve du contraire. On demandait à ce grand homme qui, de Virgile, d'Horace ou de Lucain

avait célébré le plus dignement Caton. « *C'est Virgile*, dit-il,
» *parcequ'Horace ne l'a représenté que comme un entêté, et*
» *Lucain comme un impie, au lieu que l'immortel auteur de*
» *l'Énéide l'a peint comme le plus religieux et le plus vertu-*
» *eux des hommes.* » Voici les vers de ces apologistes de Caton :

> Et cuncta terrarum subacta
> Præter atrocem animum Catonis.
> > HORACE.

> Victrix causa Diis placuit, sed victa Catoni.
> > LUCAIN.

> Vidi secretosque pios, his dantem jura Catonem.
> > VIRGILE.

— Il est très difficile de traduire exactement un vers latin
par un vers français, tandis qu'un vers français est, pour
ainsi dire, un jeu à rendre en latin. Cela tient à la différence
de richesse des deux langues. Sénèque a dit dans Médée :

> Si judicas, cognosce, si regnas, jube.

Voltaire a traduit ainsi ce vers :

> N'es-tu que roi commande, es-tu juge examine.

c'est le cas de dire : *C'est ça et ce n'est pas ça.*

Chaussard a dit de Lebrun, poëte satirique :

> Malin, tendre, sublime, à l'immortalité
> Il consacra les sots, l'amour, la liberté.

Au lieu d'une traduction, j'en ai deux à offrir ; ce qui
prouve ce que j'ai avancé.

> Emunctæ naris, tener et sublimis amores
> Heroas, stultos hic omni tradidit ævo.
> > CHÉPY.

> Hunc viden? illepidos mordax, et mollis amores,
> Et libertatem altisonans in sæcla trahebat.
> > DEBRAUX.

Je laisse aux connaisseurs le soin de juger quelle est la
meilleure. Il est même possible de rendre en latin des expressions familières ou grotesques. La Fontaine nomma dans
une de ses fables, les souris *la gent trotte-menue.* Le jésuite

qui a traduit en entier cet auteur; a dit : *Gens pede prompta brevi.* C'est ici l'occasion de rappeler que ces fables latines sont pour la plupart des chefs-d'œuvre.

— J'ai dit plus haut que les auteurs du 19me siècle se dé-chiraient entr'eux ; ils devraient bien profiter de ce conseil, que dans le tems leur donnait M. Arnault :

> Gens d'esprit quelquefois si bêtes,
> Loin de prolonger vos débats,
> Songez que vos jours de combats
> Sont pour les sots des jours de fêtes.

Mais ceci n'est plus applicable, parce qu'il s'agissait alors de querelles littéraires, et qu'actuellement ce sont des batailles politiques.

— On ridiculisait en 1601 ceux qui ne *voulaient* pas re-cevoir de l'instruction ; mais on ne disait rien de ceux qui ne *devaient* pas en recevoir. On appelait les premiers des *misophanes*, mot dérivé du grec qui signifie : *qui fuient la lumière.*

— Puisque je suis sur l'article du grec, je me souviens qu'Aristote a dit : *Mega biblion mega kakon.* Ce qui veut dire *un gros livre est un gros mal.* L'Abeille du nord ne sera qu'un petit mal, puisqu'elle n'aura que 92 pages d'impression.

— Il est très rare de trouver un distique dont le deuxième vers soit la conséquence parfaite du premier. Il faut, à la fois, être poëte et avoir l'esprit juste pour réussir complétement. Ainsi, M. Le Hoc, dans sa tragédie de Pyrrhus, n'a pas rai-sonné quand il a fait parler ainsi l'un de ses personnages :

> Allons, courons, Madame, et précipitons-nous
> Aux *pieds* et dans *les bras* d'un *père* et d'un *époux.*

Indépendamment de la multiplicité des embrassades que cela va occasionner, on ne sait lequel des deux se jettera *aux pieds* ou dans *les bras*, et si c'est dans les *bras* du père ou aux *pieds* du père, ou dans les *bras* de l'époux ou aux *pieds* de l'époux que *l'inconnu* se précipitera. Tous ces membres-là ne font pas mieux marcher le vers qui, au résultat, est mauvais, et qui cependant était applaudi avec *délire* par la

masse *irréfléchissante.* J'ai présenté le mauvais côté de ma
proposition; Le Brun va me fournir les moyens d'offrir le côté
favorable. Ce poëte, tantôt sublime et tantôt obscur, n'en
tient pas moins un rang distingué sur le Parnasse; mais son
école est dangereuse à suivre pour les jeunes gens qui n'ont
pas assez de goût pour ne se pénétrer que de ses beautés. Il
a dit en parlant d'une femme bel esprit :

> Chloé, belle et poëte, a deux petits travers :
> Elle fait son visage et ne fait pas ses vers.

Voilà un exemple parfait ; le second vers est, sur tous les
points, la conséquence du premier.

— Je m'aperçois que je parle beaucoup de poésie et que
j'oublie mon érudition ; mais j'aime beaucoup Horace, et
ceux qui comme moi le chérissent m'excuseront en se rappelant que M. le comte Daru a dit :

> Qui lit Horace aime les vers,
> Et qui les aime veut en faire.

— On parodie tout dans le siècle où nous vivons : un *érudit* propose l'épigraphe suivante pour mettre en tête de la
réimpression des œuvres de Buffon :

> Les bêtes ne sont pas ce qu'un vain peuple pense.

— Je suis forcé de convenir que dans les ouvrages de Voltaire il y a *du bon.* Il dit la vérité lorsqu'il s'exprime ainsi :
*Il faut que les riches puissent user et même abuser paisible-
ment de leur fortune ; mais le respect, les hommages, la vraie
considération ne doivent être que pour les hommes distingués
par leur génie ou par leurs vertus.* Ceci me rappelle quatre
vers dont j'ignore précisément l'auteur.

> Laissons ce lourd Crésus qui ne voit dans lui-même
> Nul de ces dons flatteurs qu'on estime et qu'on aime,
> Placer tout son mérite en son or suborneur
> Que lui légua son père aux dépens de l'honneur.

— Je trouve que l'esprit des autres me fatigue, et que pour
me reposer j'ai besoin de me rendre à moi-même. C'est fâcheux ; car je sais huit à dix mille vers français, le quart de

ce nombre de vers latins , et le dixième de vers grecs. Les personnes qui desireront des citations, des épigraphes , des devises, des légendes, pourront s'adresser à moi, je suis ferré à glace. J'en ai pour tout le monde : aux demoiselles je dirai :

Credula res amor est.

Aux femmes mariées,

Comis in uxorem.

Aux sots,

Risu inepto res ineptior nulla est.

Aux Français, en leur prêchant l'union,

Tigris agit rabida cum tigride pacem
Perpetuam ; sævis inter se convenit ursis.

Aux censeurs trop sévères,

Parva leves capiunt animos.

Heureux si l'on ne me dit pas,

Notis prædicas ?

V. S.

CONSIDÉRATIONS SUR L'HISTOIRE.

(Premier article.)

On a souvent attribué à la lecture de l'histoire le pouvoir d'enflammer les esprits d'une ardeur martiale, et de déterminer vers la vie tumultueuse des camps les inclinations d'une jeunesse bouillante et inconsidérée. Cette opinion est confirmée par le témoignage de plusieurs hommes qui, placés aux premiers rangs de la hiérarchie sociale, apprirent, par leur propre expérience, à pénétrer les ressorts les plus cachés de l'esprit humain. Quelques historiens rapportent que, lorsque les Goths furent convertis au christianisme et qu'on s'occupa de leur donner dans leur idiôme une traduction des saintes écritures, on jugea convenable d'en retrancher les livres des

Rois et des *Chroniques,* où se renouvellent à chaque page les sanglantes relations des batailles ; on craignait sans doute que cette lecture ne réveillât dans des cœurs belliqueux et sauvages les passions violentes qu'ils avaient reçues de la nature, et qu'ils ne s'imaginassent, par une erreur fatale, que la guerre, la conquête et la déprédation étaient en quelque sorte sanctionnées par la religion qu'ils venaient d'embrasser. Si ce fait est vrai, il prouve que les hommes les plus éclairés ont dès longtems reconnu combien la peinture des combats, offerte sans ménagement à l'inexpérience, peut devenir funeste au repos de l'humanité. Mais ne nous y trompons pas : si l'histoire a souvent mérité le reproche d'avoir trompé le jugement de la postérité par les couleurs brillantes dont elle a revêtu les dévastateurs de la terre, elle n'est pas seule responsable de notre aveuglement ; et les méprises fatales qu'on lui impute, furent aussi l'ouvrage de notre frivolité.

A la verité, ces imprudents trophées que les historiens élèvent à tous ceux dont la fortune a couronné les talents militaires, peuvent éblouir, par l'éclat d'une fausse gloire, des yeux mal exercés à distinguer l'ombre de la réalité : je sais combien a de charmes l'exemple de ces aventuriers célèbres qui, portés sur les ailes de la victoire, s'échappent de la foule obscure où le sort avait marqué leur place, et franchissent l'intervalle immense qui les séparait du rang supérieur. Mais, si le lecteur s'obstine à ne voir les objets qu'à travers le prisme trompeur de l'enthousiasme, n'est-il pas seul coupable des funestes écarts de son imagination ? Armé du flambeau de la philosophie, il aurait triomphé d'un vain prestige, et une courte méditation sur tout ce qui constitue l'essence de la guerre, aurait suffi pour le convaincre de l'incertitude et de la vanité des grandes réputations militaires.

Loin de nous cependant de disputer à l'art de la guerre la place éminemment honorable qu'il occupe parmi les institutions sociales. Guidé par la justice, il a droit à nos hommages ; et c'est à l'abus seul que nous attachons l'anathème.

La profession des armes est et sera toujours la carrière de l'honneur ; mais la nécessité de son existence n'en est pas moins un crime. Gloire à ces nobles enfants de la patrie, qui s'élancent vers la frontière au premier cri de la liberté menacée, et n'ont d'autre ambition que de vaincre ou de mourir pour elle ! Ces héros citoyens ne soupirent point après les désastres ; au lieu des horreurs de la guerre, ils portent un amour inaltérable de la paix. Mais se repaître sans relâche du sang des hommes, mais fonder sur des ruines le honteux édifice de sa grandeur, ce sont les affreuses délices d'un Attila, d'un Bajazet ou d'un Tamerlan. Apprécions les actions humaines à leur juste valeur ; dépouillons tant d'habiles meurtriers des titres fastueux dont l'histoire les a décorés ; et, tandis que leur mémoire est portée de siècle en siècle par les folles acclamations du vulgaire, n'aspirons qu'à voir leurs images mutilées, et leurs noms ensevelis avec eux dans l'éternelle poussière des tombeaux.

Lecteur passionné des exploits les plus éclatants dans l'histoire, considérez avec sang-froid de quelle multitude de circonstances imprévues, et, pour ainsi dire, triviales, dépend le succès d'une expédition militaire ; et vous saurez que les lauriers dont se forme la couronne du général furent aussi moissonnés par cette foule de guerriers qui suit obscurément ses bannières. Avez-vous sous les yeux la vie d'Alexandre ou de César, c'est sur lui seul que vous épuisez votre attention et votre sensibilité : vous suivez fidèlement chaque pas de sa marche glorieuse ; vous pâlissez de ses revers, vous triomphez de ses succès ; et vous ne jetez pas un regard sur cette foule ignorée qui tombe à ses côtés ! et vous ne pensez pas un instant à calculer le nombre des victimes qui s'immolent à ces divinités insensibles, dont on a peuplé le temple de mémoire ! Vous tous qui prétendez à la palme des combats, si vous pouviez vous promettre d'atteindre à ce prix dont vous êtes enthousiastes, peut-être la vaine excuse de l'ambition pourrait-elle vous absoudre aux yeux du commun des hommes ; mais, tandis que vous marchez à la gloire, sur les cadavres de vos semblables et au milieu de la désolation universelle, oubliez-vous que cette gloire ne saurait être le partage de tous ? Oubliez-vous que les légions qui ravagèrent les Gaules, ne vous montrent ensemble qu'un César, et que dans cette armée qui subjugua la Perse, on ne comptait qu'un Alexandre ? Parmi tous les héros subalternes qui secondèrent ces destructeurs de l'humanité, en est-il un grand nombre dont la renommée nous ait transmis les titres d'illustration ? César n'a point dédaigné de rendre hommage à la valeur de ses capitaines ; quelques noms ont été cités par lui avec éloge ; mais ces froides désignations ne nous ont rien appris sur leur compte, si ce n'est que les travaux et les périls furent leur unique partage, tandis que l'honneur de la conquête appartient pour toujours à leur général. Quant aux successeurs d'Alexandre, s'ils ont obtenu les regards de la postérité, ce n'est point parce qu'ils furent des soldats d'une valeur éprouvée, des capitaines d'une habileté consommée ; ce n'est point parce que, formés aux leçons de Philippe, ils furent dès l'enfance enchaînés aux drapeaux de la victoire. Croyez que les efforts de leur vaillance n'auraient brillé que d'un éclat éphémère, s'ils n'avaient fini par usurper les glorieuses dépouilles de leur maître pour s'en disputer après les lambeaux, s'ils n'avaient exterminé les derniers rejetons de sa famille, et traîné leurs cheveux blancs vers la tombe, à travers des flots de sang et des monceaux de cadavres.

Que la philosophie nous dirige dans l'étude de l'histoire ; et dans cette source ensanglantée nous irons puiser de grandes et salutaires leçons. Mais, s'il est vrai que les annales de l'antiquité et d'une grande partie des tems modernes, nous offrent à chaque page une tragédie mémorable, cette étude ne saurait être le partage de l'insensibilité. Que notre ame, franchissant le vaste espace des tems, aille s'identifier aux maux de nos ancêtres : loin de prodiguer notre intérêt au chef unique d'une entreprise guerrière, donnons aussi quelques larmes à ces braves soldats dont la patience et le courage ont assuré ses triomphes ; gémissons sur cette multitude de héros ignorés qui se précipite à la fois dans la tombe et dans l'oubli ; retraçons-nous ces fléaux inséparables de la conquête, l'épuisement, la famine, la contagion, qui se réunissent au glaive, pour moissonner les armées.... Alors tous ces faits éclatans dont l'intérêt dramatique offre dans le lointain tant de charmes à l'imagination, nous étaleront, à travers le voile des siècles, leur effrayante réalité.

EDMOND I....

A MESSIEURS LES ÉDITEURS DE L'ABEILLE DU NORD.

Messieurs,

J'AI une fille que j'aime à l'adoration, parce que c'est le seul enfant que le ciel m'ait accordé. Je rêve à son bonheur à venir, et je ne veux rien négliger pour en être l'artisan : ce n'est pas le tout que d'être père, il faut songer à établir solidement ceux qui sont appelés à nous succéder un jour. Comme je ne sais pas grand'chose et qu'en matière de prospérité je n'y vois pas très-clair, je consulte mes amis qui sont très nombreux ; car j'ai assez de fortune, indépendamment de mon commerce. Après moi, ma fille aura quatre-vingt mille francs bien assurés. Un vieux Monsieur, qui passe pour avoir plus de bon sens que d'esprit, veut que je me borne à lui faire apprendre à lire, à écrire correctement sa langue, quelques travaux d'aiguille, et à tenir un ménage avec économie ; mais toutes nos autres connaissances veulent qu'en raison du progrès de la civilisation, je lui donne une éducation très distinguée, par cette raison que même un simple commis voyageur aujourd'hui est un homme universel, et doué de mille talents, inconnus à l'époque qu'on appelle *le bon vieux tems* ; que ma fille avec tous les écus possibles ne trouverait point à se marier à un homme du monde, et que, même sans un sou de dot, elle aura un nombre immense d'adorateurs,

si elle sait jouer de plusieurs instrumens dans la perfection,
si elle sait l'histoire universelle, la géographie, etc. etc.

Comme c'est l'avis de la majorité, et qu'elle doit toujours
l'emporter en tout, je me suis rendu à l'avis de la majorité:
j'ai acheté un forté-piano d'Érard, trois mille francs ; une
harpe de Nadermann, trois mille francs; une bibliothèque des
dames, chez Alexis Emmery, douze mille francs; des instrumens d'uranographie, chez Lerebours, pour quinze mille
francs (car ma fille doit connaître le ciel, cela entre dans ma
religion). Je ne néglige rien pour la rendre digne d'un galant
homme; aussi la moitié de sa dot est déjà dépensée.

Ma Georgette (c'est ainsi que ma fille se nomme) fait des
progrès étonnans ; elle n'a que seize ans, et c'est un petit
prodige. Comment ne se distinguerait-elle pas? elle a huit
maîtres par jour, auxquels je donne six francs par cachet.
Je ne lui fais apprendre que de bonnes choses, et je laisse
de côté toutes ces vieilleries qui font honte au siècle de Louis
XIV. C'est surtout sur le piano qu'elle devient habile ! Ah !
il faut l'entendre exécuter, avec une expression touchante,
l'assassinat de M. Fualdès! Voilà de la musique nouvelle qui
forme une jeune personne. Jadis on jouait *Dupont mon ami*
sans savoir ce qu'on jouait. Aujourd'hui la musique est his-
torique, et il faut être très instruit pour en saisir l'esprit. Par
exemple, dans *l'assassinat de M. Fualdès*, tout est délicieux.
C'est chez Nadermann à Paris qu'on vend ce morceau enchanteur; il se joue dans les meilleures sociétés de la Capitale où il fait fureur. Le moment où la victime tombe est
un assemblage d'*arpeggios* d'un effet merveilleux, surtout
lorsqu'on met, comme il est indiqué, la pédale convenable.
La fuite de madame Manson est sur l'air varié de : *Ah! mon
Dieu que je l'échappe belle !* Que cet air est bien adapté à la
circonstance ! Ah ! c'est divin. On ne faisait pas de musique
comme cela autrefois. Combien on perfectionne de jour en
jour ce qui peut servir à l'éducation d'une jeune personne !
Vous pensez bien que ma fille me questionne quelquefois sur
cette femme *célèbre*, qui maintenant est du domaine de l'his-

toire ; j'entre avec elle dans les plus petits détails, parceque je veux que ma Georgette sache tout. Enfin, Messieurs, à vingt ans, sa dot sera purement et simplement dans son savoir ; aussi je ne doute nullement qu'à cet âge elle n'ait beaucoup de soupirans, au nombre desquels j'espère bien vous voir si vous êtes garçons.

Recevez etc.

POÉSIE.

ODE

SUR LA DÉLIVRANCE D'ARRAS EN 1654,

par le maréchal de Turenne. (1)

{ Sujet proposé par la Société Royale des sciences, arts et belles lettres d'Arras, pour le prix à distribuer dans sa séance solemnelle du 25 Août 1819. }

Que n'ai-je ta lyre sonore,
Dieu de Pindare et de Rousseau !
Ma Muse, quoique jeune encore,
Ne resterait pas au berceau.
Sa taille frêle et languissante
D'une déesse ravissante
Atteindrait les graces bientôt,
Et sa marche, aujourd'hui timide,
En un vol sublime et rapide
Se transformerait aussitôt.

Turenne, conçois mon audace,
J'ose parler de tes exploits,
Et ma plume, qui les retrace,
Craint peu de fléchir sous mes doigts !
Ton nom brille assez dans l'histoire,
Nul ne peut augmenter ta gloire,
Mais qui la rappelle est heureux.
Porte tes regards vers la terre,
La France a-t-elle un seul Homère
Pour des Achilles si nombreux ?

(1) Cette ode a obtenu la mention honorable.

La valeur, qu'en tous lieux j'admire,
A mes yeux a bien plus d'appas,
Du moment que d'elle on peut dire :
La vertu dirigeait ses pas.
Condé, si digne qu'on l'honore,
Aurait été plus grand encore
S'il eût toujours gardé sa foi. (1)
Turenne, ah! que ta gloire est belle!
Tu combattis, sujet fidèle,
Pour ta patrie et pour ton roi.

Arras a connu ta vaillance,
Quand Fuensaldagne et ses guerriers
Sur ses murs avaient l'espérance
De cueillir de sanglans lauriers.
L'Italie à la Flandre unie, (2)
Et l'Espagne à la Germanie,
Ne t'ont jamais intimidé ;
Si tu maîtrisais ton courage,
C'est que tu craignais davantage
Les Français que guidait Condé.

Vainement une immense armée
Autour d'Arras étend ses flancs,
Et dans ses lignes renfermée (3)
Rêve à des succès éclatans.
Ce projet, que l'orgueil fait naître,
En peu de tems va disparaître
Et les héros qui l'ont produit,
Comme cette bulle brillante
Que le moindre caprice enfante
Et qu'un léger souffle détruit.

Turenne s'apprête en silence, (4)
Tremblez, Espagnols et Germains,

(1) Le grand Condé, mécontent de la cour et du cardinal Mazarin, s'était rangé avec une armée française du côté des Espagnols.

(2) L'armée ennemie était composée d'Italiens, de Flamands, d'Allemands et d'Espagnols.

(3) Les ennemis s'étaient renfermés dans des lignes formidables qui cernaient la ville d'Arras.

(4) L'attaque eut lieu de nuit, parceque le maréchal de Turenne avait très peu de monde. Chaque cavalier avait une mèche allumée dont il cachait la lumière, et marchait en silence. La nuit était fort obscure. Les mèches découvertes spontanément formèrent une sorte d'illumination qui surprit l'armée ennemie et fut cause de sa défaite.

La nuit seconde sa prudence ;
Il craint peu d'en venir aux mains.
Mille flambeaux cachés dans l'ombre,
Tout-à-coup perçant la nuit sombre,
Vont donner le signal de mort :
A peine en cette nuit funeste
Pourrez-vous rallier le reste
De ceux qu'épargnera le sort.

De ces remparts il faut descendre,
Espagnols qui les menacez ;
Songez, songez à vous défendre,
Partout vous êtes repoussés.
Malgré le bronze en feu qui tonne,
La Ferté, Bar et Lislebonne
Fondent sur vous avec fureur,
Et parmi vos rangs en déroute
Fisica sur votre redoute (1)
A planté l'étendard vainqueur.

Mais qui fait pencher la balance ?
Sur nos pas d'où vient ce retour ?
Quel est ce guerrier qui s'avance,
Et qui nous fait fuir à son tour ?
C'est Condé, c'est Condé lui-même ; (2)
Grands Dieux ! dans ce péril extrême
Sauvez l'honneur de nos drapeaux !
Turenne a vu notre retraite,
Il vient, combat, Condé s'arrête,
Et le héros cède au héros.

La victoire n'est plus douteuse,
Le jour éclaire nos succès ;
Que dans son ame belliqueuse
Chacun soit fier d'être Français.
Arras, du haut de tes murailles,
Rends graces au dieu des batailles ;
Réjouis-toi de ton bonheur :
Ce jour, témoin de leur défaite,

(1) *Fisica, Capitaine au régiment de Turenne, fut le premier qui planta le drapeau sur le parapet.*

(2) *Le grand Condé, à la pointe du jour ayant reconnu la position, repoussa le maréchal de la Ferté et reprit un grand avantage ; mais le vicomte de Turenne, par une manœuvre habile, déjoua ses projets hostiles et décida la victoire en notre faveur.*

Est doublement un jour de fête
Pour Saint Louis et pour l'honneur. (1)

    Pendant un siècle d'esclavage (2)
(Frémis encore d'y songer),
Arras, tu supportas l'outrage
D'être sous un joug étranger.
Chérissant en secret la France,
Tu conquis ton indépendance
Au prix du sang de tes enfans ;
Bientôt l'Espagnol dans tes plaines
Te rapporta les mêmes chaînes
Au bruit de ses cris menaçans.

    Tu déplorais ta destinée ;
Livrée à tes propres secours,
Pour le malheur te croyant née,
Du torrent tu suivais le cours.
Un Dieu combla le précipice :
Soudain armant son bras propice,
Son bras foudroya tes rivaux ;
Que sa mémoire soit chérie,
Puisqu'il t'a rendu ta patrie,
Il est pour toi plus qu'un héros.

Victor Simon.

LE PAPILLON.

Puis-je assez regretter que moi, roi des vallons,
    Moi, le plus beau des Papillons,
    J'aie à rougir de ma naissance ?
Entouré de flatteurs, au sein de l'abondance ;
Lorsque, pour me fixer je vois de jeunes fleurs
Étaler à l'envi leurs naissantes couleurs,
O douleur ! même alors je pense à ma famille,
Au tems où je rampais, lorsque j'étais Chenille,
A ceux que je surpasse en grandeur, en éclat,
Et qui me surpassaient dans mon premier état.
Malgré tout cet encens dont la foule m'obsède,
A de sombres pensers, hélas ! par fois je cède.

---

(1) Ce fut le jour de la Saint Louis que cette mémorable bataille fut gagnée.
(2) Pendant cent vingt ans Arras fut occupé par les Espagnols.

Chaque insecte rampant de moi doit dire à part :
« Qu'est-il donc? Sa fortune!... il la doit au hasard;
» Riche depuis un jour, pour un jour il m'efface,
» Mais peut-être demain j'occuperai sa place.
» Pour vanter tes aïeux tes soins sont superflus,
» Va, brillant Papillon, je sais ce que tu fus. »
Las! il n'est que trop vrai : l'éclat qui m'environne
Ne les abuse pas, et n'éblouit personne :
Admiré d'un flatteur qui me siffle en partant,
Sa louange, avec lui, s'envole au gré du vent.

Combien de Papillons, au sein de l'opulence,
Qui Chenilles étaient au tems de leur enfance,
Et voudraient, affectant la prodigalité,
Que l'on vit ce qu'ils sont, non ce qu'ils ont été!

Aug. V.

STANCES.

Lorsque Parny s'illustra pour toujours
Par les accents de son tendre délire,
Phébus le prit pour le Dieu des amours,
Et Cupidon pour le Dieu de la lyre.

En parcourant le sentier du bonheur,
Il rencontra le chemin de la gloire :
Il ne voulut que chanter son ardeur,
Il s'inscrivit au temple de mémoire.

Le myrte heureux et l'immortel laurier
Parent son front de leur double feuillage.
Ah! que ne puis-je aussi les marier,
Et sur le mien réunir leur ombrage!

Ah! que ne puis-je entendre aussi mon nom
Redit un jour, grace à mon Hersilie,
Par les échos des bosquets d'Idalie,
Par les échos de ceux de l'Hélicon!

Le nom chéri, le nom d'Éléonore
De son amant embellit tous les vers :
Je le sais bien; mais un nom moins sonore
Peut-être aussi prête un charme à mes vers.

Et si le luth qui célèbre Hersilie
Imite en vain son luth harmonieux,
Je prouverai que je chante une amie
Moins bien sans doute en l'aimant encor mieux.

ÉDOUARD B.

DÉLIRE.

TENDRE fille de la beauté,
Je veux sur ta bouche onctueuse,
Cueillir avec avidité
Le baume de la volupté.
Laisse sous ma main amoureuse
Palpiter ton cœur agité. . . .
O ma Léis, de quel délire
S'enflamment tes yeux caressans !
Quel feu divin trouble nos sens !
Sous mes baisers ta voix expire.
Que d'abandon dans ton sourire !
Que d'ivresse dans tes soupirs !
Oui, sur tes lèvres d'ambroisie
Je veux au comble des plaisirs
Déposer tendrement ma vie. . . .
Mourons, idole de mon cœur,
Dans cette extase que j'adore ;
Et près du terme du bonheur,
Renaissons pour mourir encore.

ÉD. CORBIÈRES.

A Mⁱˡˡᵉ ESTHER C....

ÉCOUTEZ l'ami le plus tendre :
Esther, votre cœur sans détour
Croit, en nous donnant de l'amour,
Sans cesse pouvoir s'en défendre ;
Mais en ne voulant que charmer
Craignez un retour ordinaire :
On ne cherche d'abord qu'à plaire,
Et puis l'on finit par aimer.

E. C.

TRADUCTION EN PROSE

DE L'ODE D'HORACE : *Donec gratus eram tibi, etc.* (1)

HORACE.

Tant que je régnais sur ton cœur, et que nul mortel plus
chéri n'entourait de ses bras amoureux ton cou d'albâtre,
mon bonheur surpassait la félicité du monarque des Perses.

LYDIE.

Tant que tu ne brûlas pas d'une flamme plus vive pour une

---

(1) Horace, cet ami de la raison, ce philosophe aimable, est aussi le
peintre de l'amour. J'avoue que plusieurs de ses tableaux offensent avec
raison l'œil pudique des modernes ; mais pourquoi envelopper dans une
proscription tous les passages relatifs à un sentiment dont la plupart de
nos ouvrages font l'apologie ? Malheureusement les traducteurs ont tous eu
le même scrupule ; et le zèle un peu trop chaste des éditeurs les a fait
tous tomber dans la même inconséquence : ils ont mutilé impitoyablement
un des plus beaux génies du siècle d'Auguste, et, d'un autre côté, ils ont
enchéri sur les expressions brûlantes dont se sert Virgile pour décrire la
passion de Corydon. Certes, il faut être sévère avec tout le monde ou ne
l'être avec personne ; et si l'on châtie Horace, ce vers de Virgile doit
disparaître :

Novimus et qui te..... transversa tuentibus hircis.

Les Anglais, moins décents que nous sans en être plus dissolus, ont laissé
Horace en son entier ; ils ont cru que lui rogner des passages, c'était porter
une main sacrilège sur les nudités d'une belle statue antique. Pour moi, je
l'avoue, rempli d'une poétique indignation contre ces ridicules outrages, je
me suis hasardé à traduire une de ses plus belles odes érotiques. Mes lecteurs verront si la suppression en était fondée ; ils se rappelleront aussi en
la lisant les nombreuses imitations que nos auteurs dramatiques en ont faites,
et ils reconnaîtront que les anciens sont nos prédécesseurs et nos maîtres
dans plus d'un genre.

Voici le texte pour les amis de la littérature ancienne :

HORATIUS.

Donec gratus eram tibi,
Nec quisquam potior brachia candidæ

autre amante, et que Lydie n'était point placée dans ton cœur
après Chloé, le renom de Lydie effaçait la gloire de la mère
du fondateur de Rome. (1)

HORACE.

Je porte aujourd'hui les fers de Chloé, habile à moduler
les doux accents de sa voix, et à faire résonner la cithare harmonieuse, de Chloé pour qui je ne balancerais point à donner ma vie, si les destins à cette condition respectaient la
trame de ses beaux jours.

Cervici juvenis dabat,
Persarum vigui rege beatior.

LYDIA.

Donec non alia magis
Arsisti, neque erat Lydia post Chloen,
Multi Lydia nominis,
Romanâ vigui clarior Iliâ.

HORATIUS.

Me nunc Thressa Chloe regit
Dulces docta modos, et citharæ sciens,
Pro quâ non metuam mori,
Si parcent animæ fata superstiti.

LYDIA.

Me torret face mutuâ
Thurini Calaïs filius Ornithi,
Pro quo bis patiar mori,
Si parcent puero fata superstiti.

HORATIUS.

Quid, si prisca redit Venus,
Diductosque jugo cogit aheneo,
Si flava excutitur Chloe,
Rejectaque patet janua Lydiæ?

LYDIA.

Quanquam sidere pulchrior
Ille est, tu levior cortice, et improbo
Iracundior Adriâ,
Tecum vivere amem, tecum obeam libens.

(1) En latin *Ilia*, autre nom de Rhéa Sylvia, mère de Romulus.

LYDIE.

Et moi, c'est d'une ardeur partagée que m'embrase Calaïs, fils de Thurinus, pour qui je donnerais deux fois ma
vie, si les destins à cette condition respectaient la trame de
ses jeunes années.

HORACE.

Mais si Vénus ranimait le feu des premières amours, et
rattachait à un joug éternel ses deux esclaves révoltés, si la
blonde Chloé fuyait bannie de mon asyle, et que la porte se
rouvrît pour Lydie, autrefois rejetée du sanctuaire des
plaisirs.....

LYDIE.

Alors, quoiqu'il soit plus beau que le jour à son aurore,
toi plus mobile que la feuille agitée par les Zéphyrs (1); et
plus irascible que les flots courroucés de la mer Adriatique,
c'est avec toi que j'aimerais à vivre, c'est avec toi que je
voudrais mourir.

Z.

TRADUCTION
D'UN PASSAGE DE SALLUSTE.

*Marius, sorti des rangs obscurs du peuple romain, est
nommé consul, au désespoir de la noblesse. Le soin de la
guerre contre Jugurtha, lui est confié. Au moment d'enrôler
des soldats, il convoque une assemblée du peuple, et pro-
nonce ce discours :*

» JE sais, Romains, que la plupart des citoyens se condui-
sent bien autrement dans l'exercice du pouvoir que dans

---

(1) Il y a dans le texte latin, *levior cortice, plus léger que le liège.*
J'ai craint que la superbe délicatesse de notre langue ne s'accommodât point
de ce mot *liège*, et j'y ai substitué une idée équivalente.

leurs brigues pour l'obtenir. D'abord ils sont pleins d'attentions, d'humilité, de retenue; ensuite ils consument leurs
jours dans l'orgueil et la mollesse. Moi, je pense d'une
autre manière. Toute une république étant d'une plus grande
importance que le consulat ou la préture, il faut plus de zèle
à la bien gouverner, qu'à courir après ces distinctions; et
pour mon compte, je n'ignore pas quelle est la tâche que
me prescrit votre éminent bienfait. Préparer la guerre, et
ménager le trésor; forcer au service des hommes qu'on ne
voudrait pas mécontenter; tout conduire au dedans, au
dehors, et remplir ces devoirs au milieu de gens factieux,
importuns, remuants, cette besogne, Romains, est plus épineuse qu'on ne le croit. Il y a plus: si d'autres commettent
des délits, l'antiquité de leur race, les faits d'armes de leurs
aïeux, le crédit de leurs parents, de leurs alliés, la multitude de leurs clients, voilà les soutiens de leur impéritie.
Pour moi, tout mon espoir, c'est moi-même; tous mes soutiens, ce sont mon courage et mon intégrité; je n'en ai
point d'autres. Je m'en aperçois bien, Romains, tous les
regards sont tournés vers moi; j'ai la bienveillance des hommes vertueux et équitables, parce que mes actions ont pour
but l'intérêt de la république; mais la noblesse épie l'occasion de me nuire; et je dois en redoubler d'efforts pour ré-
aliser votre espoir et faire avorter le leur. Depuis mon
enfance jusqu'à présent, je me suis accoutumé à tous les
travaux, à tous les dangers; ce qu'avant vos bienfaits je
faisais gratuitement, je n'ai pas l'intention de le discontinu-
er, Romains, après en avoir reçu le salaire. Il est difficile
d'être modéré dans le pouvoir, quand on a joué la vertu par
ambition: pour moi, qui ai passé toute ma vie à n'écouter
que l'honneur, l'habitude de bien faire a pris la force de la
nature. Vous m'avez chargé de la guerre contre Jugurtha,
et la noblesse en a frémi. Mais, je vous en prie, interrogez
encore votre conscience. Vaudrait-il mieux changer la no-
mination, envoyer pour cette mission ou toute autre semblable un de ces milliers de nobles, homme de vieille extrac-

tion, à nombreuses images (1) et sans une seule campagne ?
Et pourquoi ? Afin que , dans une affaire aussi importante ,
novice en toutes choses , il s'agite, s'égare, et finisse par
prendre un plébéien pour se faire avertir de son devoir ;
c'est ce qui est presque toujours arrivé. Le général que vous
nommez, cherche à son tour un autre général.

» J'en connais , Romains , qui n'ont lu nos annales et les
traités militaires des Grecs qu'après avoir été créés consuls ;
ces généraux-conscrits ignoraient que si l'on ne peut agir
qu'après avoir été nommé, encore doit-on apprendre aupa-
ravant à bien agir. Comparez maintenant , Romains , comparez à ces hommes orgueilleux un homme nouveau tel que
moi. Ce qu'ils savent par des entretiens , par des livres , je
l'ai vu ou je l'ai fait moi-même ; ce qu'ils ont appris dans des
ouvrages, je l'ai appris en combattant : c'est à vous de mettre
en balance les actions et les paroles. Ils méprisent un nom
nouveau , moi leur lâcheté ; ils m'objectent ma naissance ,
moi leurs turpitudes. Eh ! que dis-je ? tous les hommes
sont de la même nature , et le plus vaillant est le plus
noble. Si l'on pouvait demander au père d'un Albinus ou au
père d'un Bestia qui ils préféreraient pour fils eux ou moi ,
quelle serait, croyez-vous , leur réponse, sinon qu'ils voudraient les plus dignes pour enfants ? Que si leur mépris pour
moi est légitime , qu'ils éprouvent donc le même sentiment
pour leurs ancêtres, qui, comme moi, ont dû leur noblesse
à leur valeur. Ils envient mon consulat ; qu'ils envient donc
aussi les travaux, les périls, la conduite, qui me l'ont valu.
Mais ces hommes égarés par l'orgueil vivent comme s'ils
méprisaient vos honneurs, et les demandent comme s'ils a-
vaient bien vécu. Assurément, c'est une étrange erreur que
de prétendre à la fois aux deux objets les plus contraires ,
aux plaisirs de l'indolence et aux récompenses du travail.

_____

(1) C'étaient des portraits en bustes de cire. Au bas de ces bustes, étaient
rappelées les dignités et les actions de ceux qu'ils représentaient. Les *images*
étaient renfermées dans des armoires qu'on n'ouvrait qu'aux jours de fêtes ,
et ne paraissaient en public qu'aux pompes funèbres. Le droit d'en avoir
était réservé à la seule noblesse.

Il y a plus encore : en parlant en votre présence ou dans le sénat, ils consacrent presque tout le discours à un éloge de leurs ancêtres ; en rappelant les beaux traits de leurs pères, ils se croient plus illustres ; c'est encore une erreur. Plus la vie des uns fut éclatante, plus la fainéantise des autres est criminelle. Ce n'est que trop vrai : la gloire des aïeux est une lumière réfléchie sur les descendants ; elle dérobe à l'obscurité leurs qualités bonnes ou mauvaises. Cet avantage de la naissance, il est vrai, Romains, j'en suis dépourvu ; mais, ce qui est bien mieux, je puis citer mes propres actions. Et voyez ici toute leur injustice. L'éclat usurpé dont ils se prétendent revêtus par les faits d'autrui, ils me le refusent pour les miens. Pourquoi ? parce que je n'ai point d'images, et que ma noblesse est nouvelle, noblesse qu'il est certainement plus honorable de s'être créée, que de souiller celle qu'on reçoit.

» Je n'ignore pas que, s'ils veulent me répondre, ils débiteront une longue suite de périodes harmonieuses et bien travaillées. N'importe : puisqu'ils nous déchirent en tous lieux, vous et moi, de leurs propos outrageants, le bienfait dont vous m'avez honoré, ne me permet pas le silence ; il serait interprété comme un aveu de culpabilité. Non pas que je croie qu'un discours puisse m'atteindre, moi Marius : s'il est sincère, il est à ma louange ; s'il est faux, il est démenti par ma conduite et mon caractère. Mais, puisqu'on attaque votre choix, ce choix qui m'a revêtu du plus grand honneur, et chargé de la plus importante mission, voyez, voyez encore si vous n'avez pas à vous en repentir. Je ne puis, pour motiver votre confiance, étaler fastueusement les images, ni les triomphes, ni les consulats des auteurs de ma race ; mais je montrerai, s'il le faut, des piques, un drapeau, d'autres présents militaires, et les cicatrices des blessures glorieuses que j'ai reçues sur la poitrine. Ce sont-là mes images, c'est-là ma noblesse, je ne l'ai point comme eux héritée du hasard ; je l'ai conquise à force de travaux et de périls. Je parle sans art, et m'en soucie fort peu : la vertu brille assez d'elle-même.

Pour eux, l'artifice leur est nécessaire, afin de masquer leur turpitude par l'adresse des paroles. Je n'ai point non plus étudié la littérature des Grecs ; j'avais peu d'envie de la connaître, en considérant qu'elle n'a point rendu meilleurs ceux qui l'enseignaient (1). Mais on m'a montré ce qui est plus utile à la république, à frapper l'ennemi, à défendre mon poste, à ne craindre que l'infamie, à supporter toutes les saisons, à coucher sur la dure, à braver en même tems et la fatigue et la faim. C'est avec ces préceptes que je conduirai mes soldats ; on ne les verra pas dans la misère et moi dans l'abondance ; je ne cimenterai pas ma gloire de leurs sueurs. Et ce n'est là qu'une manière de commander utile à l'état, convenable avec des concitoyens. Mais vivre tranquillement dans la mollesse, faire marcher son armée par des supplices, c'est agir en tyran, non en général. C'est en suivant ces préceptes et d'autres semblables, que vos ancêtres se sont illustrés en illustrant la république ; et la noblesse, forte de leurs exploits sans pouvoir les imiter, nous méprise, nous qui sommes leurs émules ; et elle exige de vous tous les emplois, non comme mérités par des services, mais comme le prix de la naissance. Ces hommes superbes s'abusent grossièrement. Leurs aïeux leur ont transmis tout ce qu'ils pouvaient leur transmettre, leurs richesses, leurs images, l'éternel souvenir de leurs noms ; mais ils ne leur ont pas transmis leur vertu. Eh ! le pouvaient-ils ? C'est le seul bien qu'on ne puisse ni donner ni recevoir.

» Ils disent que je suis d'une avarice sordide et d'un naturel grossier, parce que je connais peu la science d'ordonner un repas, que je n'ai pas d'histrions à mes gages, et que l'esclave qui fait ma cuisine ne me coûte pas plus que celui qui laboure mon champ. Romains, je suis fier d'en convenir. J'ai appris de mon père et d'autres hommes irréprochables que les bagatelles du monde sont l'apanage des femmes, le travail celui des hommes ; qu'un guerrier doit

(1) Il fait allusion à l'asservissement de la Grèce, qui, malgré ses arts et ses sciences, ne put échapper au joug de Rome encore illettrée.

avoir plus de gloire que d'argent ; que sa parure, ce sont
des armes, et non des habillemens magnifiques. Mais pourquoi donc ne s'en tiennent-ils pas à ce qui fait leurs délices,
leur vie, leur bonheur ? Qu'ils se livrent aux excès de l'amour
et du vin ; qu'ils souillent leur vieillesse dans les lieux où ils
ont abâtardi leur adolescence, dans les festins, toujours
livrés aux viles jouissances du corps ; qu'ils abandonnent la
sueur, la fatigue et les autres amertumes à nous qui les pré-
férons à toutes leurs orgies. Mais non : ces êtres infâmes,
après s'être vautrés dans la fange du vice, viennent encore
ravir la récompense de la vertu. Ainsi, par une atroce injustice, leur luxure et leur lâcheté, les deux plus détestables
habitudes, ne sont aucun obstacle à l'ambition de ceux qui
en sont coupables, sont la perte de la république qui en est
innocente. -

» A présent que je leur ai répondu autant que l'exigeait
mon caractère et non leurs turpitudes, je dirai quelques
mots de la chose publique. D'abord, bannissez toute inquiétude au sujet de la Numidie. Vous avez écarté tout ce qui
défendit Jugurtha jusqu'à ce jour, la cupidité, l'ignorance
et l'orgueil (1). Ensuite nous avons là-bas une armée qui
connaît les lieux, et, je le jure, une armée malheureusement
plus vaillante qu'heureuse ; car c'est l'avarice et la témérité
des chefs qui en ont perdu la plus grande partie. Vous donc,
que l'âge appelle sous les drapeaux, joignez vos efforts aux
miens, répondez à la voix de la patrie, et que nul ne s'alar-
me du malheur des autres et de l'orgueil des premiers généraux. En marche, en bataille, je vous guiderai, moi ; je
partagerai, moi, vos dangers. Je ne serai pas plus prodigue
de votre sang que du mien. Et n'en doutez pas : les dieux
aidant, tout est prêt, le succès, la gloire, le butin ; et quand
ces avantages seraient même douteux ou éloignés, encore

---

(1) Il veut désigner les généraux envoyés avant lui en Numidie contre
le roi Jugurtha, et dont les uns avaient vendu pour de l'or l'honneur du
peuple romain, et les autres étaient tombés, par un excès de présomp-
tion, dans des fautes utiles aux intérêts de l'ennemi.

tout bon citoyen devrait-il écouter son pays qui le demande.
On n'achète pas l'immortalité par la lâcheté, et nul père n'a
souhaité que ses fils vécussent éternellement ; il a plutôt
souhaité qu'ils vécussent avec honneur. J'en dirais plus,
Romains, si les mots donnaient du courage aux lâches ; j'en
ai dit beaucoup, je crois, pour des braves. »

Y.

ARCHITECTURE.

L E Ministre de l'intérieur ayant proposé à la Chambre des
Députés, l'achèvement du projet conçu par le dernier Gouvernement, de joindre le Palais des Tuileries au Louvre,
à ce sujet un écrivain de beaucoup de mérite s'est exprimé,
il y a quelques années, d'une manière brillante. Nous ne
rapporterons ici son opinion que parce qu'elle est rendue
avec autant d'esprit que de beauté de style, et qu'elle se rat-
tache à une circonstance intéressante pour les arts.

» Le démon de l'orgueil a gratté les murailles du Louvre,
» afin d'en détacher les antiques et glorieux souvenirs. Esprit
» d'usurpation qui n'ayant pas le tems de créer, prend celui
» d'éblouir.

» Joindre le Louvre aux Tuileries ! Cette idée gigantesque
» ne pouvait partir que d'un esprit accoutumé à de faux rai-
» sonnemens. Qu'est-ce qu'une conception qui augmente le
» plan d'un édifice, sans proportionner sa hauteur à l'éten-
» due de sa base ? Singulière grandeur que celle qui se traîne
» servilement sur une surface sans oser regarder au-dessus
» du sol !

» C'était un bien autre génie qui présidait aux ouvrages
» des contemporains de Clovis, quand, élevant la tour de
» Strasbourg au-dessus des nuages orageux, ils plaçaient dans
» l'azur du ciel la statue de la Vierge, qui termine la pointe
» de l'édifice. J'aime ce que le calcul n'a point encore con-
» quis. Le génie n'a plus rien à faire dans votre architecture

» grecque : vos ordres sont invariablement fixés comme les
» sept notes de la musique, avec cette différence qu'il y a
» mille fois plus de ressources dans ces derniers que dans les
» autres. Les proportions de chaque colonne, leurs distances
» entr'elles, la frise, l'architrave, la longueur d'une feuille
» d'acanthe, jusqu'au moindre filet, tout est mesuré d'avance.
» Pour faire un chef-d'œuvre en ce genre, il n'y a plus que
» des pierres à acheter et des maçons à payer.

» Dans l'architecture gothique, au contraire, l'imagination
» retrouve toute sa liberté : elle peut user des ornemens,
» épancher sa richesse dans le vaste dessin d'une façade,
» dans les innombrables détails d'un portique ; elle peut don-
» ner cours à ses fantaisies, à ses rêves, chercher même
» hors de la nature des formes et des figures nouvelles, et
» disposer de chaque pierre pour en faire l'expression d'une
» pensée. Toujours des Grecs ! Ne chercherons-nous jamais
» à être Français ? Pourquoi une architecture Corinthienne
» sur les bords de la Seine ? Aucune idée belle et heureuse
» n'a-t-elle pu prendre naissance au milieu de nous ? N'est-il
» pas honteux que le crayon d'un Athénien ait tracé les
» palais de nos rois, et que son compas ait prescrit à notre
» génie des bornes qu'il n'a jamais osé franchir ?

POÉSIE.

STANCES (1)

SUR LA MORT DE S. A. R. MONSEIGNEUR LE DUC DE BERRI.

La Seine a vu tomber sur sa rive sanglante
Le rejeton des rois frappé d'un trait mortel.
Tous les cœurs ont frémi ; de longs cris d'épouvante
Ont jusque sur son trône étonné l'Éternel.

(1) Les Éditeurs de l'Abeille du Nord, craignant que leurs moyens d'exé-

Il abaisse un regard sur la France éplorée,
Sur un sol malheureux, en butte aux coups du sort,
Où la Patrie en deuil gémit désespérée,
Où le fils de l'exil gît glacé par la mort.

Pour des jours dont le fer vient de couper la trame,
Il voit de tous les yeux toujours couler des pleurs.
Infortuné Louis! il voit tant de malheurs
Consterner les vertus dont il orna ton ame.

L'Éternel est touché, sa voix s'est fait ouïr,
Sa voix a proclamé ses ordres immuables;
Et, volant dans les airs, ces accents redoutables
A l'oreille d'un monstre ont été retentir :

» Dis, qu'as-tu fait d'un sang dont la noble clémence
» Obligeait à l'amour tout un peuple attendri ?
» C'est le pur sang des rois dont s'honore la France.
» Malheureux, réponds-moi : qu'as-tu fait de Berri !

» Malheureux, entends-tu son ombre magnanime
» Pour tous vœux implorant le bonheur des Français,
» Pour vengeance implorant le pardon de ton crime,
» Par-delà l'existence étendre ses bienfaits ?

» Va, je te ravirai ton horrible salaire ;
» Ton attentat sans fruit ne sera qu'odieux,
» Et du tronc recourbé par la main d'un sicaire,
» Ma main redressera les rameaux jusqu'aux cieux. »

*****

cution ne trahissent leurs désirs, s'affligeaient de n'oser payer à la mémoire
d'un Prince généreux le tribut de regrets que leur cœur leur conseillait
sans consulter leur talent. Mais l'appréhension de ne pas s'élever à la
hauteur du sujet, s'est tout-à-coup évanouie à la lecture de la relation
insérée dans la feuille d'annonces de Dunkerque, n° 614. Ils soupçonnent
maintenant qu'il est puéril de douter de quelque chose, et tous les efforts
qu'ils faisaient pour s'enhardir, ils les emploient aujourd'hui à brider une
confiance à laquelle l'exemple et le style de l'auteur de la relation ont
fourni des excuses trop nombreuses peut-être.

TRADUCTION

DE L'ODE D'HORACE : *O Venus, regina Cnidi, Paphique, etc.*

O reine de Paphos, indulgente immortelle,
Abandonne un instant tes bocages chéris,
  Et viens dans les lieux embellis
  Où l'encens de Naïs t'appelle.

Que du voile importun qui revêt leurs appas,
Les Grâces dénouant l'inutile ceinture,
Les Nymphes, les Plaisirs, le rapide Mercure,
L'aimable déité qui sans toi ne l'est pas,
  Et l'Amour volent sur tes pas.

     W.

LE TOMBEAU D'ÉLÉONORE.

ÉLÉGIE.

> *Elle a vécu ce que vivent les roses,*
> *L'espace d'un matin.*
> MALHERBE.

Du haut d'un char d'ébène entouré de vapeurs,
La nuit sur l'univers étend ses voiles sombres,
Et d'un peuple agité les confuses clameurs
S'éteignent doucement dans le calme des ombres.

L'oiseau qui fuit le jour, augure malheureux,
Au signal du repos a quitté son repaire,
Et l'astre au front d'argent, de sa lueur austère,
Blanchit des monumens les faîtes orgueilleux.

Tout dort, et moi je veille ! et moi, jusqu'à l'aurore,
D'un pied désespéré, l'œil obscurci de pleurs,
Moi, je vais parcourir l'asyle des douleurs,
Et presser le gazon qui presse Éléonore.

Éléonore ! ô ciel…! Impitoyable sort,
Tu m'as donc pour jamais dérobé mon amie !
Rien n'a pu retenir sa belle ame à la vie ;
Rien ne peut l'arracher des liens de la mort.

Tendre fleur, un seul jour, elle orna la verdure,
Et son rapide éclat le soir fut effacé ;
Du plus aimable objet que forma la nature,
Il ne reste qu'un nom sur la pierre tracé.

De vains adorateurs cette foule volage,
Dont le culte fidèle à chaque astre nouveau
Fatigua sa beauté d'un ordinaire hommage,
D'un abandon tranquille outrage son tombeau.

De l'essaim que maîtrise une vague inconstante,
Le deuil indifférent, la trompeuse pitié,
Donne à peine un soupir, et même l'amitié
A frustré d'un regret son ombre gémissante.

Déjà l'ingrat oubli, dans la nuit du trépas
Pour toujours maintenant replonge Éléonore ;
De ses douces vertus, de ses touchants appas
Le triste souvenir en moi seul vit encore.

Sur un cercueil assis, l'inconsolable Amour
Dans des yeux fatigués retrouve encor des larmes ;
Et près de son flambeau renversé sur ses armes,
Il pleure la beauté jusqu'au lever du jour.

Oh ! que n'ai-je ignoré les brûlantes délices
Dont un fougueux délire enivra tous mes sens !
De ce monde rempli de soucis renaissants,
Oh ! que n'ai-je ignoré les voluptés factices !

Douce félicité, du tyrannique amour
Et des bruyants plaisirs je te croyais l'ouvrage ;
Mais le calme du cœur, un paisible séjour,
Voilà pour te trouver le seul secret du sage.

Heureux qui, des mortels captivant les regards,
D'un peuple admirateur recueille le murmure,
Et le front couronné du laurier des beaux-arts,
Croit saisir le bonheur en fuyant la nature !

Plus heureux qui bannit les rêves mensongers
Que reproduit sans cesse un espoir indocile,
Et rassemble à la fois dans ses humbles foyers,
Et les tributs des champs et les arts de la ville !

Content d'avoir quitté des sentiers tortueux,
Transfuge enorgueilli de la scène du monde,
Il arrache son cœur aux soins tumultueux,
Et le repose enfin dans une paix profonde.

S'il ne voit pas toujours les flots d'un peuple impur
D'un hommage servile aduler sa fortune,
Des partis soulevés la fureur importune
Expire sur le seuil de son domaine obscur.

Arrêté sur les bords d'une onde murmurante,
Quelquefois possesseur d'un bosquet écarté,
Il laisse errer en paix sa pensée inconstante,
Et l'ombrage des bois lui rend sa liberté.

Il contemple de loin, à travers le feuillage,
Ou les palais des grands qu'assiège un noir chagrin,
Ou la mer en courroux que tourmente l'orage :
C'est d'un jour agité le paisible déclin.

*****, *de Dunkerque.*

CHANSON.

Air: *Oui, oui, oui, c'est en vain.*

Oui, oui, je suis certain
Qu'à tout le monde
On peut plaire à la ronde ;
Oui, oui, j'en suis certain,
Le moins malin
N'y perd pas son latin.

Louez tous les vers
Et tous les concerts,
On dira partout :
Cet homme a du goût.
Riez du bon mot
Que croit faire un sot ;
De vous le sot dit :
Oh ! qu'il a d'esprit !
Oui, oui, etc.

Au niais *Ultra*
Criez : *Ça ira*,
Il répond : Ami,
Dieu le veuille ainsi !
Au fou libéral
Criez ; Tout va mal.
— Parbleu, citoyen,
Vous raisonnez bien.
Oui, oui, etc.

Monsieur l'Échevin
Se croit un malin ;
Il a du crédit :
Prônons son écrit.
Un fameux voleur
Prétend à l'honneur ;
Il a des écus :
Chantons ses vertus.
Oui, oui, etc.

Comme on le voudra,
Vantez l'opéra ,
Le ton sérieux
Ou le ton joyeux ;
Préférez Piron ,
Voltaire ou Fréron ,
Et de tout charmé ,
Vous serez aimé.
Oui, oui, etc.

Dans quelque festin
Parle-t-on de vin ,
Je suis pour celui
Que je vois servi ;
Et l'hôte à l'instant
D'un ton caressant
Me dit : Mangez donc,
Buvez sans façon.
Oui, oui, etc.

Par ma belle humeur
Je fais le bonheur
D'un bénin mari ;
Et j'en suis chéri.
Sa chaste moitié ,
Pour mon amitié,
D'un tendre retour
Me paie à son tour.
Oui, oui, etc.

Seul avec Orval,
Germeuil dit du mal
De Lindor absent
Qu'il loua présent.
D'Orval à Lindor
Il dit pis encor,
Et reste l'ami
Du couple ennemi.
Oui, oui, etc

D'un froid prosateur
Vantez la chaleur ;
Traitez de Boileau
Tout poëtereau.
Ces doux compliments
Séduiront ces gens ;
Ils vous dédiront
Tout ce qu'ils feront.
Oui, oui, etc.

Enfin, confessons
Que nous connaissons
Le moyen commun
De plaire à chacun ;
Et loin des butors,
Redresseurs de torts,
Avec plus d'un sot
Redisons-tout haut :
Oui, oui, je suis certain
Qu'à tout le monde
On peut plaire à la ronde ;
Oui, oui, j'en suis certain,
Le moins malin
N'y perd pas son latin.

K. ; de Lille.

LE ROSSIGNOL.

FABLE.

Un Rossignol dans les forêts
Faisait entendre son ramage ;
Mais les oiseaux du voisinage
Contre lui lançaient mille traits.
Il mourut. Changement étrange !
Ses plus acharnés détracteurs
Lui décernent tous des honneurs,
Et font un hymne à sa louange.
O vous, dont les beaux-arts occupent le loisir,
O vous dont la haine et l'envie
D'un renom mérité déshéritent la vie,
Pour en jouir plutôt hâtez-vous de mourir.

I.

VARIÉTÉS.

Un anonyme régente par extraits, dans la Feuille d'annonces de Dunkerque, la haute et la basse littérature du Département. Son officieuse critique a, dit-il, proclamé l'existence de l'Abeille du nord; il est juste que l'Abeille du nord révèle à son tour à ses abonnés l'existence de l'Aristarque. L'anonyme nous connaît par les fragments de papier dont l'épicier habille son café; nous n'oserions dire de quelle manière nous nous sommes liés avec lui, et notre circonspection, dont il nous saura bon gré, nous empêche ici de continuer cet échange de services, qui, n'en déplaise à Cicéron, est la base d'une solide amitié.

Il n'est pas dans nos principes de repousser par d'autres assauts l'attaque souvent irréfléchie de l'anonyme; nous ne croyons pas qu'il soit nécessaire au public de voir deux champions descendre dans l'arène pour se porter des coups qui n'amènent aucun résultat utile ou agréable. Si nous rompons une fois le silence que nous nous étions imposé, c'est pour ne pas laisser aux juges malveillants le pouvoir d'interpréter notre retenue comme l'aveu d'une défaite.

C'est un principe trop consacré en province, que celui qui ne répond pas à une agression déguisée sous le nom de critique, reconnaît ou la force de l'adversaire ou la justesse de ses remarques. Cependant quoi de plus ridicule que de voir un auteur suer sang et eau pour s'efforcer de prouver que l'on a tort de ne pas admirer ses œuvres! Ces œuvres sont là pour détruire ou confirmer les jugements, et il n'y a pas d'autre défense contre les censures que l'ouvrage censuré. Tout le reste n'est que la lutte de l'amour-propre blessé, lutte inutile quand elle a lieu pour une mauvaise cause, inutile encore quand l'objet est inattaquable en lui-même.

Ainsi, sous quelqu'aspect que nous envisagions notre situation avec l'anonyme, nous nous confirmons dans l'idée,

que son examen ne doit éveiller notre attention que dans
l'intérêt de notre recueil, et non dans l'intérêt de notre orgueil d'auteurs.

En nous plaçant dans la première cathégorie, nous sup-
plions l'anonyme de se donner moins de mal pour mériter
le reproche de méchanceté, ou de s'en donner plus pour
revêtir ses articles d'une couleur apparente de justice et de
fondement. Ses allégations gratuites, ses impérieuses décisions indisposent la saine partie du public contre la vérité,
admise un instant, de sa critique rancuneuse, et il nous
semble entendre le gentilhomme qui prouvait ainsi le systême
de Descartes : *J'ai l'honneur de vous assurer, moi, que la
terre tourne autour du soleil.*

En rendant compte d'une fable de M. Victor Simon, l'a-
nonyme se rappelle confusément que la moralité n'est qu'une
réminiscence de l'auteur, et qu'elle n'est point aussi neuve
qu'il le croit. *En attendant,* dit-il, *qu'une seconde lecture des
fabulistes anciens et nouveaux éclaircisse mes doutes, je
prie le public de ne rien préjuger de défavorable. Loin de
moi la coupable intention de dénigrer par des insinuations
perfides le travail de jeunes littérateurs etc.* Le doucereux
anonyme feint d'ignorer qu'il vient de tenter une insinuation
perfide; il oublie qu'en prévenant le reproche il ne le détruit pas. S'il ne paraissait pas aussi versé en littérature, nous
lui dirions qu'un critique ne doit pas hasarder des réflexions
malignes et des suppositions insidieuses, qui n'ont d'autre
mérite que leur ambiguité, et d'autre fruit que le mécon-
tement des lecteurs; mais, comme nous présumons qu'à sa
vaste érudition il unit la connaissance des devoirs qu'il s'est
imposés en se chargeant d'être notre Geoffroy, nous nous
bornerons à penser qu'il a voulu, par une nouvelle manière
de juger, se mettre hors de la ligne ordinaire des critiques,
de même que, par un style de récente création, il a prétendu
ne copier personne.

Voilà ce que nous pensons à l'égard de l'*abonné* de la feuille
d'annonces de Dunkerque. Sans le connaître, nous le respec-

tons encore assez comme suspect d'être littérateur, pour ne pas employer contre lui les moyens usés de plaisanterie, dont il croit se faire une arme si neuve et si redoutable.

Les Éditeurs de l'Abeille du nord.

RÉFLEXIONS SUR L'HISTOIRE.

L'HISTOIRE offre des singularités bien dignes d'attirer l'attention du philosophe. Pour les hommes qui ne veulent connaître que les dates, c'est une suite de tableaux, qui, dans leur succession uniforme, ne présentent que des combats, des révolutions, de grands scélérats, des héros ; et cette galerie, qui ne parle qu'aux yeux, finit aussi par les fatiguer. Mais l'homme, habitué à remonter des effets aux causes, à comparer les événements passés aux événements présents, et à en tirer, par induction, des lueurs sur leur véritable nature ; l'homme, qui met dans une juste balance la partialité de l'écrivain, les motifs de ses jugements et l'influence sous laquelle il écrivait, cet homme-là seul retire un fruit certain de sa lecture : il peut espérer d'avoir aperçu la vérité de l'histoire, à travers les voiles épais dont l'histoire l'a couverte. Eh ! qui ne saurait être assez en garde contre les erreurs et les fables transmises par les annales des peuples ? Les progrès des sciences exactes ont fait redresser les absurdités des anciens en physique et en histoire naturelle ; les contradictions remarquées dans leurs livres, ont causé des doutes sur la véracité des faits ; et ces doutes sont bien légitimes, quand nous voyons nous-mêmes des événements contemporains dénaturés dans les écrits, matériaux de l'histoire future, et les traditions orales tellement défigurées après quelques années, que le témoin des faits qu'elles transmettent, n'y reconnaît plus ce qu'il a vu de ses propres yeux.

Et ce que je viens d'avancer n'est point une opinion conjecturale. Les historiens eux-mêmes en fournissent les preu-

ves : l'un , accusé d'infidélité , en convient de bonne foi ,
mais réclame l'aveu que son roman est plus intéressant que
la vérité ; l'autre fait la relation d'un siège, sans en avoir les
mémoires , et quand ces mémoires lui arrivent , préfère l'é-
difice bâti par son imagination , à la masse incohérente de
faits dont il lui serait trop pénible de construire un tout régulier. Presque tous , enthousiastes de quelque système , y
plient , bon gré mal gré , toutes les aspérités qu'ils rencontrent dans leur route , et l'histoire torturée n'est plus que la
preuve auxiliaire d'une opinion philosophique ou fanatique.

Toutefois, il est des points principaux sur lesquels un reste
de pudeur né leur a point permis de varier, et dont l'authen-
ticité ne leur en aurait point , d'ailleurs , laissé le pouvoir.
Fanaux placés sur l'océan des âges , ils guident le voyageur
incertain dans sa course errante, et le préservent des écueils
semés dans leurs intervalles ; ceux qui savent s'éclairer de
cette lumière , en retirent d'utiles avertissements sur leur
danger. Ils découvrent avec leur aide les naufrages de
ceux qui les ont précédés , et les navires fracassés par
la tempête ou brisés contre les rocs , sont les leçons qui
parlent à leur inexpérience. C'est alors que l'histoire rendue
à sa dignité , revêt ce caractère auguste, apanage de la régu-
latrice des peuples et des rois. Du sein des ruines accumulées
par le tems et les barbares, sa voix éloquente s'élève, à travers le silence des siècles, pour effrayer les mortels au sein
de la prospérité, et rassurer ceux qui sont plongés dans l'a-
byme des misères. Thémistocle suppliant chez le roi qu'il a
vaincu, Miltiade expirant dans les fers de ceux qu'il a vengés,
Marius caché dans les roseaux de Minturne ou assis sur la
cendre de Carthage, Annibal fugitif, son vainqueur récom-
pensé par la délation, voilà les effrayantes démonstrations du
néant des grandeurs et de leur fragilité.

Ouvrons ces pages instructives, réunissons ces contrastes
frappants. Alcibiade nous en offre le premier exemple. Ex-
ilé d'Athènes, il y rentre vainqueur des ennemis de sa patrie.
La ville entière se précipite sur son passage, on contemple
avec admiration tous les soldats de cette armée triomphante,

mais le général surtout cause une ivresse universelle. C'est sur lui qu'est fixée l'attention de ses concitoyens, c'est vers lui que sont dirigés tous les yeux ; on le regarde comme un envoyé du ciel, comme la victoire elle-même. On loue ce qu'il a fait pour la patrie, on n'admire pas moins ce qu'il a fait contr'elle, on l'excuse parce qu'il avait été irrité et provoqué. Il est vrai qu'il était d'un tel poids dans la balance des affaires publiques, qu'il avait causé la chute et le rétablissement de l'empire des Athéniens sur la Grèce ; la victoire accompagnait partout ses pas, et sa présence seule changeait la face des événements. Ils l'accablent donc de tous les honneurs, non-seulement de ceux qu'on accorde aux mortels, mais aussi de ceux qu'on prodigue aux Dieux. Ils disputent entr'eux d'empressement, pour faire douter si son rappel est plus glorieux, que son exil ne fut outrageant. Les Dieux mêmes viennent le féliciter, on porte sur son passage ces statues redoutables, à la colère desquelles on l'avait dévoué ; et l'homme à qui ils venaient d'interdire l'eau et le feu, ils voudraient pouvoir le placer au ciel. Ils remplacent les injures par les honneurs, les pertes par des présents, les malédictions par les prières. Ils n'ont plus à la bouche les revers de la Sicile, mais la victoire de la Grèce ; ils ne se rappellent plus les flottes qu'il a perdues, mais celles qu'il leur a acquises ; ils ne se souviennent plus de Syracuse, mais de l'Ionie et de l'Hellespont. Quelque temps après, dépouillé du commandement, il périt dans une bourgade de Phrygie, victime des embûches de Pharnabase et de la jalousie de Lacédémone.

L'histoire fournit dans la personne de Cicéron une preuve non moins frappante des vicissitudes humaines. Lui, qui pendant soixante trois ans, avait lutté avec bonheur contre les ennemis de la liberté, lui dont la vigilance avait détourné les poignards de Catilina, et qui, vainqueur de quelques revers, n'avait vu interrompre que momentanément la chaîne des prospérités qui marquèrent sa glorieuse existence, il fuit à l'approche des Triumvirs, d'une ville où il savait bien qu'Antoine l'eût cherché comme une proie avidement désirée.

Il se retire d'abord à Tusculanum ; puis; par des chemins de traverse, il part pour Formianum, dans l'intention de s'embarquer à Caiëte. Il essaie plusieurs fois de se mettre en mer ; mais tantôt les vents contraires le repoussent vers le rivage, tantôt il ne peut supporter le roulis du navire ; enfin il se décide à renoncer à la fuite et à la vie. De retour à sa maison de campagne : « Je mourrai, dit-il, dans la patrie qui souvent m'a dû son salut. » On s'accorde assez à dire que ses esclaves étaient disposés à le défendre avec courage et fidélité, mais qu'il fit mettre à terre sa litière, et leur prescrivit de souffrir tranquillement ce que voulait l'iniquité de la fortune. Il se mit sur son séant dans la litière, offrit sa tête immobile, et elle fut coupée. La stupide barbarie des soldats ne s'en tint pas là ; ils lui coupèrent aussi les mains, en leur reprochant d'avoir écrit contre Antoine. Ils portèrent ainsi la tête à Antoine, et elle fut placée par son ordre entre les deux mains sur la tribune aux harangues, où ce grand homme, revêtu de la dignité de Consul qu'il avait obtenue si souvent, s'était fait entendre cette année même, plaidant la cause de la liberté contre son meurtrier futur, et causant plus d'admiration par son éloquence que jamais orateur ne pourra par la suite en obtenir. A peine les citoyens avaient-ils le courage de lever leurs yeux baignés de larmes sur les débris sanglants du Père de la patrie.

Si je voulais ajouter l'indigne mort de Pompée, de Philopæmen, d'Agésilas, de Sénèque, de Germanicus, et de tous ceux que des vertus éclatantes n'ont pas dérobés au glaive des assassins ou au poison des tyrans, je ne ferais que la liste des grands hommes qui ont rendu des services à d'ingrats concitoyens. Mais un tableau plus imposant s'offre encore à mes regards. Ce n'est plus l'assassinat juridique d'un seul individu qui vient révolter l'humanité, c'est la destruction de toute une ville, opérée de sang-froid par la politique romaine. Albe avait donné le jour à Rhéa Sylvia, mère de Romulus, fondateur de Rome. Bientôt, sous le règne de Tullus Hostilius, s'élève une guerre entre la mère patrie et sa colonie. L'issue du combat des Horaces et des Curiaces donne l'empire à Rome. Suffétius, général des Albains, appelé au secours de Rome dans une guerre contre les Véiens, est soupçonné de perfidie. Tullus le fait écarteler, et ordonne la ruine d'Albe. Laissons parler l'écrivain qui en a fait la description : »Déjà l'on avait fait partir la cavalerie, pour »amener la population Albaine à Rome. Ensuite on envoya »l'infanterie pour détruire la ville. A son arrivée aux portes, »on ne vit point régner ce tumulte, cette épouvante ordinai- »re aux villes prises, lorsque les portes étant brisées, les mu- »railles abattues à coups de bélier, ou la citadelle forcée par »les assiégeants, les clameurs de la victoire, les gens armés »courant à travers la ville, la flamme et le fer sèment partout »le trouble et la consternation ; mais un silence triste, une »douleur morne atterrèrent tellement tous les esprits, qu'ou- »bliant dans leur sombre terreur ce qu'ils devaient laisser, »ce qu'ils devaient emporter avec eux, plongés dans l'irré- »solution, et se faisant l'un à l'autre mille demandes, tantôt »ils restaient immobiles sur le seuil de leurs demeures, tantôt »ils erraient çà et là dans l'intérieur de leurs maisons, pour »les voir encore une fois. Mais déjà les cris impérieux des »cavaliers les pressent de partir, déjà l'on entend jusqu'aux »extrémités de la ville le fracas des toits écroulés, et la pous- »sière élevée de différents endroits, couvre tout du nuage »de la désolation. Chacun s'empare précipitamment de ce »qui s'offre à ses yeux ; ils sont sur le point d'abandonner »leurs lares, leurs pénates, les toits sous lesquels ils ont reçu »la naissance et l'éducation, et les rues sont remplies de la »foule entière des Albains à leur départ. L'aspect d'autrui, »excitant un attendrissement mutuel, fait couler de nouvelles »larmes ; ils font entendre aussi des plaintes déchirantes, les »femmes surtout, en passant devant les temples augustes »assiégés de soldats, et en délaissant leurs Dieux, pour ainsi »dire chargés des fers de la servitude. Quand les Albains »furent sortis de la ville, les Romains commencèrent à raser »partout les édifices publics et particuliers, et une seule

» heure livra à la dévastation et au néant l'ouvrage de quatre
» cents années, pendant lesquelles Albe avait été debout. »
(Tite-Live.)

Opposons à la chute d'une ville, le trépas du plus grand
conquérant de l'antiquité. Alexandre, ce colosse formidable
qui avait si longtems pesé sur toute l'Asie, ce guerrier dont
la volonté de fer et le bras rapide avaient soumis, par lui-
même ou par ses généraux, jusqu'aux extrémités de l'Orient,
et qui, domptant les éléments, était même sorti vainqueur
d'une lutte avec la nature, expire tout-à-coup à la fleur même
de l'âge et au sein de la victoire. « A cette nouvelle, dit Justin,
toute la ville de Babylone resta plongée dans un triste silence.
Mais les nations qu'il avait subjuguées ne purent ajouter foi
au premier bruit de son trépas ; elles le croyaient immortel
comme il était invincible ; elles se rappelaient combien de
fois il s'était soustrait à une mort certaine, combien de fois,
après l'avoir cru perdu, ses soldats l'avaient vu se présenter
tout-à-coup à leurs regards, non-seulement vainqueur de tous
les périls, mais encore le front ceint du laurier de la victoire.
La mère de Darius, qui, précipitée du faîte des grandeurs
jusqu'au sort d'une captive, avait trouvé jusqu'à ce jour dans
la clémence du vainqueur le moyen de supporter la lumière
et la perte de son fils, en apprenant la mort d'Alexandre, se
donna elle-même la mort ; ce n'est point qu'elle préférât un ennemi à son fils, mais c'est qu'elle avait rencontré la tendresse
d'un fils dans celui qu'elle avait craint comme un ennemi.
Les Macédoniens, au contraire, par un contraste frappant,
loin de le regretter comme un roi et un concitoyen si grand
par ses exploits, se réjouissaient de sa perte comme de celle
d'un ennemi ; ils avaient en exécration son excessive sévérité
et les dangers continuels auxquels il les exposait dans la
guerre. » Cette dernière phrase de Justin, fait naître involontairement les méditations du lecteur. Faut-il donc avoir
accumulé ruines sur ruines, entassé les cadavres sur les cadavres, pour obtenir, au lieu de la reconnaissance ou de
l'admiration du monde, la haine de ceux mêmes qui furent

les instruments récompensés de sa grandeur ? Oh ! que l'esprit aime à se délasser de toutes ces scènes affligeantes, en contemplant l'hommage arraché par la force de la vérité, en faveur de la véritable vertu ! Scipion, retiré dans sa maison de campagne de Linterne, ne prescrivit pas à des chefs de brigands, de venir sur le seuil de sa demeure déposer leurs armes, et lui dire à haute voix : *Nous ne sommes pas venus, comme ennemis de vos jours, mais comme admirateurs de votre vertu. Nous demandons à jouir de la présence et de l'entrevue d'un grand homme comme d'un bienfait des Dieux. Ne faites donc pas difficulté de vous laisser voir en toute sécurité.* Il ne leur ordonna pas d'avance d'adorer l'entrée de sa demeure comme un temple vénéré, et de saisir avidement sa main, de placer devant le vestibule les dons ordinairement offerts aux immortels ; il ne leur fit pas une loi de retourner transportés de joie d'avoir eu le bonheur de le voir. Ce fut un sentiment plus impérieux que la force, qui lui procura ce triomphe ; ce fut celui qu'inspire à tous les hommes la majesté de la gloire et de la vertu. Et je crois, comme Valère Maxime, que si les astres tombés du ciel s'offraient aux peuples, ils n'en recevraient pas de respects plus flatteurs.

Y.

REVUE LITTÉRAIRE.

TANDIS que depuis l'homme instruit jusqu'au commis marchand qui sait à peine lire, tout le monde se jette avec délectation sur les journaux politiques, moi, de préférence, je cherche à savoir où nous en sommes en littérature. Beaucoup de brochures sont trompeuses : tel qui croit sur la foi du titre n'acheter qu'une œuvre innocente, au deuxième feuillet s'aperçoit qu'il est appelé à juger le procès des Libéraux ou des Royalistes. Le nouveau *Mercure* est de ce nombre : outre qu'il est rédigé avec négligence, il vous entretient continuellement de ce que vous ne cherchez pas à connaître. Un ouvrage qui mérite, à tous égards, l'attention et les suffrages des amis des lettres, c'est le *Lycée français* (1). Ses rédacteurs ont élevé un rempart contre la maladie du jour : la hideuse politique n'a point d'accès dans cet excellent journal; aussi je le savoure toutes les fois qu'il paraît, avec un plaisir renaissant. M. Casimir Delavigne y déploie une supériorité poétique très remarquable ; je voudrais citer son *élégie sur Jeanne d'Arc*, mais l'espace ne me le permet pas, et je craindrais d'en affaiblir les beautés, en ne transcrivant que des fragmens. M M. Violet Le Duc, Bignan, Charles Loison, Brifaut, Anceau, et Roman enrichissent ce recueil de leurs charmantes productions, et dans leurs jugements sur les auteurs modernes, la critique est toujours motivée par des exemples irrécusables, elle est juste sans amertume et mordante sans aigreur.

L'année 1819 a vu naître quelques poëmes épiques dont 1820 ne parlera plus. Je me tairai sur celui de M. Victor D'Arlincourt; on en a tant dit sur son compte, que toutes mes observations auraient de la peine à avoir un air de nouveauté.

La Cyrnéide, ou la Corse délivrée du joug des Sarrasins, est de M. Lucien Bonaparte. Il y a beaucoup d'imagination dans ce poëme, mais le stile en est plus que présomptif; l'auteur a des expressions singulières et qui n'appartiennent qu'à lui; on dirait, à la tournure de certaines phrases, que l'ouvrage est écrit par un étranger. Je ne sais pourquoi M. Lucien a choisi un rhythme particulier et a entremêlé des vers de six pieds à distances égales ; son poëme ressemble à une longue ode, ce qui lui donne une monotonie qui ne m'a pas plu. Cependant, malgré de nombreux défauts, la Cyrnéide est loin de mériter la critique amère qu'on en a faite.

M. Népomucène Lemercier, sensible au reproche que l'on adresse chaque jour aux académiciens de ne faire, à l'exemple de la fontaine qui coule à la porte de l'Institut, que de l'eau claire, a voulu prouver qu'un académicien ne dormait

(1). On souscrit chez Bechet aîné, libraire, quai des Augustins, n° 57; il paraît 36 numéros dans l'année; le prix de l'abonnement est de 40 francs.

pas toujours. C'est au bruit de l'enfer et des démons en
goguettes, que M. Lemercier s'est réveillé de l'assoupisse-
ment d'usage. Il est accouché d'un poëme épique en seize
chants et dont le titre, plus que barbare, a dix-sept lettres.
Ce poëme, puisqu'il faut le nommer, s'appelle *la Panhypo-
crisiade*. Ce mot signifie, selon moi, *toutes les hypocrisies*;
selon M. Lemercier, il veut dire spectacle infernal du 16me
siècle. Autant vaut traduire comme cela que point du tout;
mais comme les mots ne font rien à l'affaire, et qu'il ne peut
appartenir à un chétif avorton comme moi de se permettre
un jugement sévère sur ces ouvrages, je ne dirai point que
c'est une *farrago* de sottises, d'inepties, de folies et d'inco-
hérences; je me contenterai de répéter avec tous les journaux
politiques et littéraires, que ce poëme ne peut être sorti que
d'un cerveau dérangé, mais qu'on reconnaît pour avoir été
sain il y a quelques années, aux éclairs de génie qui brillent
de momens en momens, et à la facture des vers, toujours
élégante et facile. M. Lemercier a voulu faire rire; quant à
moi, j'ai lu le poëme en entier, et je n'ai déridé mon front
qu'à quelques passages que le bon goût désavoue et que la
pudeur réprouve. Je citerai ce qu'il y a de moins cynique. Il
s'agit des démons.

> Leur race à la férule, aux verges aguerrie;
> En bourdonnant essaim de mouches en furie
> Fond, murmure au parterre; et de longs farfadets
> Sont de la queue au bec transformés en sifflets.
>
> . . . .
>
> L'abyme entier s'émeut: l'un, blessé sur sa croupe,
> *Fesse, au vol,* un griffon, de qui l'ongle d'airain
> D'un grand âne pelé vient d'arracher le crin.
> Etc. etc. . . . .
> Mais l'un des plus bouillants, qui veut lui répliquer,
> Sentant à ses esprits la parole manquer,
> Pour mieux humilier sa critique verbeuse,
> Lui tire en grimaçant une langue moqueuse;
> Celui-ci pour punir ce dédain trivial,
> Se tourne en lui montrant son *anti-facial.*
> Etc. etc.

Tel est l'échantillon que je donne aux lecteurs: il en est

peut-être qui le trouveront de leur goût ; je le souhaite pour la réputation de M. Lemercier.

Voilà tout ce qui a paru en *gros* poëmes ; qu'on dise à présent que nous n'avons pas la tête épique !

Les petits poëmes sont plus nombreux, et l'on en rencontre quelques-uns qui dénotent du talent ; mais tous manquent d'imagination. Un poëte qui peut s'exercer d'une manière utile, M. Bajot s'est amusé à faire l'*Éloge du jeu de paume* ; il a perdu son tems dans des descriptions et des termes techniques, qui finissent par être soporifiques et je dirai même léthargiques.

Dans les poésies légéres j'ai retrouvé l'esprit français. On sait que *les longs ouvrages lui font peur ;* aussi les épitres, les élégies et les odes brillent d'un vif éclat. M. d'Egvilly, dans une épitre *sur les avantages de l'enseignement mutuel,* s'est permis, au grand scandale des lumières du siècle, de plaisanter sur cette méthode Lancastrienne ; mais on doit lui faire grace en faveur de l'esprit qu'il a déployé et de la légéreté avec laquelle il badine. Sa péroraison est excellente ; je n'en citerai que la fin. Il s'agit de savoir quelle est la méthode préférable.

Je ne fais qu'un seul vœu, c'est que les beaux-esprits
Qui parlent pour ou contre et qui n'ont rien appris,
Renoncent, pour s'instruire, aux disputes frivoles ;
Je leur laisse à ce prix le choix de leurs écoles.

L'académie française donnera cette année, en prix divers, une valeur de 800 francs. L'académie des Jeux floraux de Toulouse, distribuera quatre amaranthes d'or de 400 francs chacune, aux quatre meilleures odes ; un souci de même métal, de la valeur de 200 francs, à la meilleure églogue, idylle ou élégie ; trois lis d'argent de 60 francs, aux trois meilleurs sonnets *en l'honneur de la vierge* (c'est le seul prix de poésie dont le sujet soit déterminé), et quatre églantines d'or, de 450 francs, aux quatre meilleurs discours sur cette question : *Quels sont les caractères distinctifs de la littérature à laquelle on a donné le nom de romantique, et quelles ressources pour-*

rait-elle offrir à la littérature classique? Ainsi cette académie célèbre et encourageante distribuera une valeur de 3780 francs, dans sa prochaine séance solennelle. Le concours sera fermé le 15 février 1820.

J'ai parlé plus haut d'un poëme sur le *jeu de paume;* au moment où je termine cet article, on m'apporte un poëme sur le *jeu de domino*, par M. Doublas. Comme nous avons beaucoup d'amateurs de ce noble jeu à Dunkerque, je vais donner une idée de son mérite, par les citations suivantes. Voici le début :

> Mes vers vont célébrer ce jeu si séduisant,
> Qui charme nos loisirs tout en nous instruisant;
> Dont les calculs profonds, où perce la science,
> Exercent notre esprit et notre patience,
> Le *Domino;* c'est lui, puisqu'il faut le nommer,
> Qui dès mes jeunes ans sut toujours me charmer.
>
>   Rempli de mon sujet, Mercure je t'invoque;
> Je sais que, quelquefois, Jupiter te provoque
> A ce jeu qui, dit-on, vous plaît à qui mieux mieux.
> Vous devez, à coup sûr, jouer comme des Dieux.
> Soutiens ma faible voix, daigne aujourd'hui m'instruire,
> Et défends-moi des sots qui ne savent que rire.
>
>   Jadis à Nabacaek, royaume de Congo,
> Fut inventé, pour nous, le jeu du *Domino.*
> D'abord à quinze dés, borné dès son enfance,
> Il n'avait point encore une grande importance :
> On comprend aisément qu'à deux, prenant sept *dés*,
> Les points, de part et d'autre, étaient trop devinés.
> Le peuple le sentit, mais dans ces tems gothiques
> On ne pouvait parler sous des lois despotiques.
> L'homme assez courageux pour l'augmenter d'un dé,
> Pour prix d'un tel affront eût été lapidé.
> On joua simplement, sans changer de manières,
> Et l'on attendit tout du progrès des lumières.
>
>   . . . .
>
>   . . . .
>
>   . . . . . . C'est sous la république . . . . .
> Que l'on put seulement étendre ce beau jeu.
> Dans le principe il fut augmenté de fort peu;
> Mais des *Ultras* du jeu ne connaissant pas l'ombre,
> Jusques au *Double-douze* allongèrent son nombre.
> Cet excès indigna la plupart des joueurs;

On eut recours, alors, à des réformateurs,
Et pour ne point donner prise à certains critiques,
On prit conseil des gens forts en mathématiques.
Soudain, force calculs de chiffres, de zéros,
Et le jeu fut réduit à vingt-huit dominos.

Voici un passage où plus d'un joueur se reconnaîtra :

Il est de ces malins, et j'en connais plusieurs,
Qui gagnent si souvent qu'on les croit bons joueurs.
Il n'est pas étonnant s'ils savent tant nous battre :
Sur du *cinq* ils mettront adroitement du *quatre*,
Ou bouderont exprès, ou bien en tapinois
Joueront avant leur tour, ou deux dés à la fois.
Il en est d'autres qui, devant faire leur compte,
A retirer des dés ont la main leste et prompte.
Il faut vous méfier d'un si lâche trafic,
Et signaler partout ces tricheurs au Public.

Voici la péroraison :

Le vulgaire ignorant s'imagine sans cesse
Que pour le bien jouer il n'est point de finesse ;
Et croit avoir tout fait quand, sans être indécis,
Il pose promptement du *six* contre du *six*.
Sachez qu'on ne l'apprend, ames par trop bornées,
Qu'après de longs travaux et de longues années.
Romain, Chalgran, Debot, Lanoue et La Ferté
Iront couverts de gloire à l'immortalité.
O vous que vers ce jeu *le Dieu du goût* appelle,
Prenez-les constamment pour guide et pour modèle.

J'aime beaucoup *le Dieu du goût*, il est très heureusement placé. En général, ce petit poëme est écrit avec une plume caustique. J'en recommande la lecture à quelques littérateurs de Dunkerque qui ne suivent pas le précepte que M. Doublas donne par ce vers,

Il ne faut pas jouer, par jour, plus de six heures,

mais qui voudront bien un instant quitter *le domino* pour en lire l'éloge.

H****.

POÉSIE.

L'AIGLE ET LE SERPENT.

FABLE.

Un Aigle sur un roc vit un jour un Serpent.
Un Serpent sur un roc ? Pourquoi pas ? en rampant
On arrive partout. Notre Aigle était novice :
  Comment, dit-il au reptile odieux,
  As-tu franchi le vaste précipice
  Qui règne autour de ce roc sourcilleux !
—Comme il m'importe peu d'obtenir ta louange,
  Sans faire avec toi le discret
  Je te dirai que mon secret
  Est d'avoir passé par la fange.

V.

HUITAIN.

Un écu tient lieu de génie
Et de courage et de talent ;
Des sottes vertus la manie
Vaut-elle un seul écu comptant !
Nous pensons bien mieux que nos pères,
Et nous agissons mieux encor ;
Ils s'amusaient à des chimères,
Et nous ramenons l'âge d'or.

G.

DIALOGUE.

Figure, esprit, talents, modestie et bon goût,
  Aglaé, tu réunis tout.
    —Je te sais gré de ta louange ;
Mais que ne puis-je, Émile, en dire autant de toi !
    —Eh quoi ! vraiment, mon petit ange,
  Tu ne peux mentir comme moi ?

I

GASCONNADE.

Vengeac, tu n'es qu'un lâche et tu n'es qu'un vaurien.
Qu'on te frappe au visage et tu ne diras rien.
Escroc et libertin, mouchard, perdu de dettes....
—Bravo, capé dé biou, jé vois cé qué vous êtes;
Touchez-là, franchément, jé vous donne mon cœur;
Car jé veux un ami qui né soit point flatteur.

V. S.

HUITAIN.

Au possesseur de tes attraits
Tu viens de donner ton image;
De ton amour ce dernier gage
A mes yeux double tes bienfaits
Donné, reçu par la tendresse,
Il sera toujours sur mon cœur,
Afin de rapprocher sans cesse
L'idole de l'adorateur.

Édouard B.

L'AIGUILLE.

Oui, mon Emma, j'ai mille fois
Maudit l'aiguille meurtrière
Qui du sang de tes jolis doigts
A rougi l'étoffe légère
Où nos chiffres entrelacés
En filets d'or sont retracés.
Mais garde-toi, divine amie,
D'effacer à mon œil charmé
Ce sang dont la gaze est rougie
Et que ton cœur a renfermé.
N'en doute pas, c'est l'Amour même
Qui sur nos noms l'a fait couler.
Emma, ton sang vient de sceller
Les doux sermens que cet emblème
Devra toujours nous rappeler.

Éd. Corbières.

L'ÉDUCATION DE PROVINCE.

CONTE MORAL OU HISTOIRE INSTRUCTIVE.

PAMPHILE vient de mourir. Quelle perte pour les lettres !
C'était un trésor de connaissances que Pamphile. Toute sa
vie il ne pensa, ne dit, ne fit que ce qu'il croyait le plus propre à lui donner une réputation d'homme extraordinaire.
Les méchants disaient que Pamphile n'avait que des frac-
tions de talents avec une vanité tout entière ; mais Pamphile
ne répondait aux méchants que par son silence, et par une
suite non interrompue de succès qui dataient de sa naissance.
Pamphile était fils d'un homme qui avait fait *de bonnes affaires,* et qui s'habillait en noir le dimanche pour avoir l'air
scientifique, et mettait des lunettes à la comédie pour laisser
soupçonner une vue affaiblie par l'étude. Quand le ciel l'eut
gratifié d'un héritier de son esprit, il résolut d'en faire un
savant : l'intelligence précoce du petit bon homme justifiait
ce noble orgueil. A quatre ans, il avait bégayé *papa et maman* ; le papa en avait tiré le plus favorable augure, la maman en avait pleuré de tendresse, et les commères du voisinage en avaient fait longtems le texte de leurs entretiens.

Personne n'était encore revenu de cette légitime admiration, lorsqu'un an après il dit *j'ai faim.* Cette petite phrase
contient un pronom, un verbe et un substantif ; c'était une
saillie prématurée. Il fut arrêté que Pamphile serait un génie.

A six ans, il apprit ses lettres, égratigna ses camarades,
et commença à jurer avec beaucoup de grâce. Ce n'était
qu'un enchaînement d'extases pour les parents et leurs amis.

A sept ans, le jour de la fête de M. son père, en présence
de vingt témoins, il déclama la fable de la *Cigale et la Four-
mi* en levant tour à tour et en mesure le bras droit et le bras

gauche. La cuisinière émerveillée renversa la sauce d'un plat d'asperges sur l'épaule d'un convive. Pamphile continua son débit. Le papa fut ravi de son aplomb, la maman dans l'ivresse.

A huit ans, il lisoit couramment et ne s'arrêtait qu'au milieu des mots trop longs pour être prononcés d'une haleine. N'est-ce pas étonnant ?

A neuf ans, il présenta au sensible auteur de ses jours une page d'écriture bâtarde, gothique, ronde, coulée, anglaise, etc., à l'encre rouge, bleue, verte, et une addition avec la preuve. Toute la maison se pâma d'allégresse, quand le commis eut assuré que l'addition étoit juste. Cette même année, il apprit à jouer du violon et à dessiner.

A dix ans il eut un maître de français, qu'on résolut de garder jusqu'au jour de son mariage, parce que la *syntaxe est si difficile*. Rousseau et Voltaire même ne l'avaient point connue *à fond*, au rapport du maître. Or, Pamphile, en étudiant douze ans cette syntaxe jusqu'à *la perfection*, prenait le chemin le plus court pour se mettre au-dessus de Voltaire et de Rousseau, et pour devenir un jour l'écrivain le plus *pur* de France, à qui il ne manquerait plus que des idées, du style et du goût.

A onze ans, d'après l'avis de quelques censeurs atrabilaires, il étudia le latin ; mais, son écriture devenant moins belle, il termina ses humanités au *De viris* de M. Lhomond. La maman décida que Pamphile avait expliqué assez d'auteurs.

A douze ans, il suspendit l'étude du français, parce que le travail altérait sa santé. Il venait de comprendre à la fin l'accord de l'adjectif. Épuisé par cet effort, son esprit devait se reposer : il eut un maître à danser. On recommença à s'extasier et à fondre en larmes dans la maison paternelle : car Pamphile s'effaçait admirablement, tenait ses pieds en dehors, et exécutait les pas avec beaucoup de fini.

A treize ans, il joue si bien les menuets et les valses, qu'il est recherché dans la *haute société* de la bicoque. Il annonce ses dispositions et son bon goût pour une mise élégante; il commence à faire une noble dépense, et à jargonner des phrases qui n'ont pas de sens. Comme il a la voix forte et perçante, les pères lui trouvent une excellente judiciaire, et les mères voudraient l'avoir pour fils.

A quatorze ans, il est d'une fatuité déjà raisonnable pour son âge: il toise les rustauds du collège, il se moque de leur air gauche et de leur grec. Les rustauds lui donnent des taloches, il se tait. Désormais il est humble avec les forts, et fier avec les faibles. Vraiment il se forme.

A quinze ans, il est presque formé, il lance des œillades aux jeunes beautés du canton, les lorgne à la promenade, et leur dit des impertinences au bal. Il dédaigne tout, répond par des sourires, et croit faire une épigramme avec une grimace. Il dirige la toilette des jolies femmes, et leur donne des conseils pour la mise ; elles en raffollent : ce qui prouve qu'il était profond, quoi qu'en aient dit ses détracteurs.

A seize ans, il a une très belle santé entretenue par d'utiles exercices, tels que la danse et la chasse. La mère, en le voyant si beau, s'applaudit bien de ne pas l'avoir laissé maigrir sur les livres. Ses succès, d'ailleurs, valent bien les prix du collège. Il avait appris une romance, et de suite avait été la colporter dans cinq ou six maisons. Sa voix agréable, quoique sans méthode, avait plu : on l'avait entendu, on l'avait admiré, on se l'était arraché. Dorénavant on ne s'amuse plus nulle part, si l'on n'a le chanteur et la romance. Son triomphe fait époque, et son avis fait loi. Il consent qu'on le loue, il s'abaisse à classer le mérite de ses rivaux; il parle tout haut au milieu d'un morceau de chant ; il bat la mesure à faux pour conduire les autres ; il bredouille des fadaises sur la mélodie et l'harmonie : il est très intéressant. Il lui pleut des invitations de toutes parts. Une petite caillette, bien sautillante, bien décousue, le proclame un être délicieux. Rangez-vous, il arrive; écoutez, il parle. A quelle hauteur n'aurait-il point porté sa gloire, s'il avait eu le bonheur d'être étranger ? Il ne lui manquait que cet avantage, pour obtenir les honneurs de l'apothéose.

A dix-sept ans, à l'exemple de l'orateur romain retiré à Tusculanum, il se crée des occupations profondes au sein du désœuvrement. Si on lui demande à quoi il passe son temps, il sourit avec dédain. En effet, comment suffire au double travail de déterrer à Paris le tailleur, le bottier, le chapelier le plus adroit, et de leur faire comprendre les intentions fines de celui qui écrit ? Comment découvrir aussi bien que lui du génie dans un soulier, du jugement dans la coupe d'un habit et de l'intention dans un gilet ? Comment construire avec autant d'art, de ces parties isolées, un tout parfait et élégant, satisfaisant pour lui, inimitable pour les autres, tel que l'architecte dont la conception créatrice élève un palais régulier avec ces blocs de marbre, épars sur le sol ? Qui pourrait deviner avec autant de sagacité, que le goût de la mode est celui des belles formes, et le goût des belles formes celui des beaux-arts ? Aussi plein d'enthousiasme pour le vrai beau qu'il croit avoir saisi, et de mépris pour la mise anti-libérale du peuple, il pense avec Horace qu'il ne connaît point:

> Odi profanum vulgus, et arceo.

Voyez-le resplendir comme un soleil aux messes d'onze heures et demie, aux réunions publiques et particulières. Mais ses progrès dans l'art *modique* hâtent le développement de ses autres talents. Il commence sa première tête d'après la bosse, et pince sur la guitare *Ah ! vous dirai-je, maman.* Il a des prétentions à l'esprit..... des sociétés où brillent ses vêtements. Il reprend son maître de français pour se faire orthographier un acrostiche pauvre de rimes, mais en revanche riche d'*hiatus.* Il veut connaître la littérature, la bonne littérature : il achette un recueil de charades, et le chansonnier des Graces, tous deux reliés en maroquin, et dorés sur tranche avec une *faveur* rose. Il préfère Rétif à

Rousseau, et Ducray-Duminil à Richardson; et non content de faillir, il fait encore broncher avec lui toute l'écurie: tant les saillies ambitieuses de sa cravatte lui donnent de jugement, et le rendent persuasif!

A dix-huit ans, il est *accompli*. Son père lui donne un *carick*, une montre à répétition et un cheval, en lui annonçant que son éducation est finie. « Mon fils, lui dit-il, tu es » riche, c'est l'essentiel. Mais, outre le principal, tu possèdes » encore les accessoires. Va, mon fils, recueillir dans la » société la moisson de gloire, d'attentions et de plaisirs » que te préparent tes écus et tes talents. » L'histoire ne dit point si c'est dans l'almanach de Liège ou dans la Cuisinière bourgeoise que le papa avait puisé cette métaphore; mais il est certain qu'il s'exprima en ces termes: ce qui prouve que la rhétorique est une étude fort inutile.

Désormais Pamphile marche de triomphes en triomphes. Il parle de tout d'un ton connaisseur, et les profanes nombreux devant lesquels il a toujours soin de pérorer, jugent au son de sa voix qu'il a raison. Il ne doute de rien, et son assurance fait fortune. Il a vingt ans.

Hélas! qui aurait dit que sous ces brillantes auspices Pamphile marchait à une épouvantable catastrophe. Jeunesse imprudente, tremblez donc..... Mais ne mettons point la péroraison dans la narration. Quoique fat, Pamphile devint ou crut devoir être amoureux d'une jolie actrice, aussi connue dans la banlieue que Minerve dans la fable, mais qui avait une réputation moins rude. L'heureux Pamphile, devancé par sa célébrité, se présente, étonne, ravit et subjugue. *Les heures légères fuyaient emportées par le torrent des plaisirs*, lorsque la jolie actrice est appelée sur un théâtre de Paris. Pamphile se décide à l'y suivre, puisqu'un provincial ne peut décemment mourir aujourd'hui avant de s'être ébahi deux heures devant le dôme des Invalides; mais il oublia de prévenir son père de son absence et du petit emprunt de trois cents louis qu'il lui faisait, pour donner le

dernier poli à son éducation dans la Capitale. Le papa s'a-
perçoit de l'absence et de l'emprunt; il reste étonné, confondu,
anéanti. Le pauvre homme ! il s'arrache la perruque, il apostrophe le ciel et la terre, il citerait même Virgile, s'il savait
qu'il y a un Virgile au monde ; mais, puisqu'il n'a pas étudié,
il se borne à louer une chaise de poste, et le voilà qui vole
sur les traces de l'enfant prodigue.

Cependant Pamphile, le coupable Pamphile arrive à Paris,
et se rue dans le *bourbier des passions*, pour me servir de
l'expression pieuse du P. Jouvenci. Le billard qui lui valut
tant de réputation dans son département, les bals, les spec-
tacles, les maisons de jeu, la jolie actrice prélevèrent un
droit sur la somme destinée à donner le dernier poli à son
éducation. Il ne lui reste plus qu'un louis. Alors la jolie actrice est attaquée d'un mal affreux d'estomac, indisposition
consacrée par la mode, qu'elle se résout à avoir, et elle disparaît pour ne pas affliger son ami par le spectacle de ses
souffrances. Pamphile mesure d'un coup d'œil ce qui lui
reste à faire : il s'enferme dans son appartement, lit le Solitaire, et meurt à la dernière page : effet prodigieux de cet
ouvrage sur des organes délicats.

Je ne peindrai point la douleur de son père, lorsqu'à force
d'insertions dans les Petites Affiches et de réclamations à la
police, il parvint à connaître le trépas de son fils. Couvrons
d'un voile le désespoir de ce bon bourgeois, qui ne concevait point comment une progéniture si bien dressée avait eu
une fin si déplorable, et revenons vite aux caillettes dépar-
tementales que sa mort laissa trois semaines sans plaisir et
sans voix. Leur conversation monosyllabique n'était plus
formée que d'exclamations de regrets. Qui fera désormais
des dissertations sur un feston, sur un coup de boston et sur
le *suave* d'une romance ? Qui leur composera des madrigaux
charmants ? Qui aura l'esprit assez délié pour comprendre
leurs épigrammes, pour seconder leurs sarcasmes, ou assez
perçant pour découvrir de la finesse dans leurs paroles ? Qui

regardera une visite comme une affaire, et une soirée de petits jeux comme un événement? Enfin, qui pourra comme lui, répondre, sans rien dire, à des questions sans but? Oh! c'était un cavalier précieux que ce jeune Pamphile, et c'est dommage qu'il soit mort.

Y.

N. B. Le manuscrit de cette histoire ou de ce conte, n'a pas été trouvé dans les ruines d'Herculanum, ni au mont Pausylipe, ni dans les caves d'un château. Il vient tout simplement de Paris par la voiture publique. Un parisien, ami du père de Pamphile, qui l'avait dirigé deux mois dans ses recherches pour découvrir la demeure du fugitif, écrivit cette histoire pour l'instruction de ses enfants. Elle passa de père en fils, jusqu'à l'extinction de la race. Un collatéral, héritier du dernier rejeton, l'a envoyée aux éditeurs de l'Abeille du Nord avec quelques pièces inédites de Fabre d'Eglantine, et les éditeurs l'envoient à leurs abonnés. Elle est sans doute très véritable ; mais les tableaux pourraient recevoir aujourd'hui quelques légères modifications, si les Abonnés tenaient aux tableaux ressemblants.

LA VULCANIADE,

POÊME.

Je vais chanter sur un ton bien modeste
D'un bon époux l'entreprise funeste
Pour renouer un hymen négligé,
Dont un mari, quand le bon sens lui reste,
Se trouve heureux d'être enfin dégagé.

Muse éternelle, antique et vénérable,
Daigne venir dans l'étroit cabinet
Où je médite accoudé sur ma table ;

Et dicte-moi le revers lamentable
D'un Immortel déçu dans son projet.

On dit qu'un jour, lassé de son veuvage,
Vulcain voulut reprendre sa moitié.
Jamais époux fit-il projet moins sage ?
Du pauvre Dieu tout l'Olympe eut pitié.
Jupin lui dit : « Mon cher fils, que je tremble
» Pour ton repos, dont tu n'as aucun soin :
» On croit s'aimer quand on s'aime de loin,
» Et l'on se hait alors qu'on est ensemble. »
Mais le cher fils, en enfant bien appris,
De son cher père écouta peu l'avis,
Et fit sommer son épouse volage,
De revenir se fixer en ménage.

Point ne voulut la belle y consentir :
De l'hyménée elle avait à se plaindre,
Et de l'amour avait à s'applaudir ;
A l'amour donc elle devait tenir.
Elle y tenait, et répondit, sans feindre,
Que son époux, à moins de la contraindre,
De la revoir n'aurait point le plaisir.
Or, vous jugez quelle fut la colère
Du bon Vulcain ; il boîte vers Lemnos,
A ses amis raconte son affaire,
Prétend qu'il faut naviguer vers Paphos,
Et ramener sa femme prisonnière.
Et les amis d'approuver le discours :
Car ce discours était clair et facile ;
Il n'était point comme ceux de nos jours,
Où le sens brille aussi peu que le style,
Où les grands mots s'entrechoquent toujours.
Vulcain parlait comme on parle aux Cyclopes,
Sans rechercher le pathos et les tropes.
Il n'avait point le ton d'un député ;
Il s'énonçait avec simplicité,
Laissait des sots l'emphatique grimoire,
Visait au but et gagnait l'auditoire.
Aussi voyez de quels zélés transports
Sont animés ces serviteurs fidèles !
D'une inconstante ils vont punir les torts ;
Et ce penser leur a donné des ailes.
Jà, tous sont prêts à subir mille morts
Pour mettre au pas une femme rétive ;
Jà, de Lemnos ils délaissent les bords ;

Bientôt de Chypre ils découvrent la rive ;
Encore une heure, et la flotille arrive.

Tendre Vénus, que faisiez-vous alors ?
Dans un boudoir, hélas ! d'un œil avide ,
Vous dévoriez quelques pages d'Ovide,
Libre de soins, sans prévoir le danger
Dont vous menace un époux intrépide ,
Qui dans Paphos accourt vous assiéger.
D'un rude assaut qui défendra vos charmes ?
Contre un mari qui tournera ses armes ?
Quel bras puissant viendra vous protéger
Contre son bras, le vaincre et vous venger ?

Sur des côteaux et non loin de la ville,
S'élève un bois, des vrais amants l'asyle ,
L'asyle aussi de qui chanta l'Amour.
Là, de ce Dieu brille toute la cour,
Des ris, des jeux, tous les groupes sans nombre ;
Là, sont errants sous un feuillage sombre ,
Non pas Dorat, non pas gentil Bernard ,
Non pas Bernis, mais Tibulle, Abeilard,
Anacréon, Sapho, Pétrarque et Laure,
Bertin, Properce, et loin d'eux à l'écart ,
D'un luth plaintif l'amant d'Éléonore,
Que de l'Amour encourage un regard,
Accompagnant la voix pure et sonore
Que chez les Francs le Goût regrette encore.
Tous sur la terre ont desservi l'autel
Où Cupidon voit la foule soumise
Offrir des cœurs le présent solemnel ;
Tous sur la terre ont porté sa devise ;
Tous ont senti le poids d'un joug cruel.
Lorsque la mort eut fermé leur paupière ,
Il les a tous dérobés à Pluton,
Et leur a fait pour demeure dernière
Un élisée orné de sa façon.
Souvent près d'eux le tyran se retire ,
Et laisse alors respirer l'univers ;
Mais ils n'ont plus à redouter ses fers.
Roi désarmé de ce paisible empire,
Il change en biens les maux qu'ils ont soufferts ;
Et folâtrant sous ces portiques verts ,
Leur plaît encore en cessant de leur nuire.

De Parny donc il écoutait les vers ,
Lorsqu'un long cri, subit, épouvantable ,

Éclate au loin, parti du bord des mers,
Et vient troubler le plaisir ineffable
Que l'on goûtait dans ces riants Enfers.
Chacun pâlit, chacun se déconcerte
Aux sons aigus de cette horrible voix;
L'Amour reprend son arc et son carquois,
Et bien armé, vole à la découverte.
D'affreux géants il voit l'île couverte,
En les voyant il se crut aux abois ;
Mais rassuré par d'antiques exploits,
Par les succès qu'il obtint tant de fois,
Par sa puissance, il a juré leur perte
Et vers le bois revient d'un vol alerte.

Point de retard, il sonne le tocsin;
Paphos s'émeut, on vient, on crie *aux armes;*
Les soupirants du bois Eliséen
De leur loisir abandonnent les charmes,
Lorsqu'un message, envoyé par Vulcain,
Redouble encor les communes alarmes.
Par un billet qu'a griffonné sa main,
Monsieur demande ou qu'on livre Madame,
Ou qu'à se battre on s'apprête soudain,
Si l'on ne rend le bijou qu'il réclame.
En déchiffrant ce poulet marital,
Vénus tomba dûment évanouie;
Son fils jura par le fleuve infernal,
Qu'il y perdrait plutôt vingt fois la vie
(Les Immortels, calmes dans leur furie,
Ne risquaient plus d'engagement fatal),
Que de laisser ce forgeron brutal
Ravir sa mère aux bosquets d'Idalie.
Il choisit donc la chance des combats,
Et rêve ensuite à lever des soldats
En un quart d'heure; or, ce n'est pas facile;
Mais rien n'arrête un recruteur habile.
Il a bientôt assemblé des secours;
En bataillon bientôt il organise
De ses sujets la foule encor surprise,
Qui vient se rendre à l'appel des tambours;
Pour officiers il nomme les Amours;
Puis, d'un accent qui tous les électrise,
Dit quatre mots pour leur instruction,
Et dans les rangs fait son inspection.
Tout est fort bien; le départ s'effectue;
L'Amour en tête au loin voit l'ennemi

Vulcain en tête avancer contre lui:
L'Amour charmé s'arrête à cette vue.

Tels deux lions.... Alte-là, cher auteur;
Loin, loin d'ici le ton déclamateur
De mons Homère, et dites sans figure
Que les deux chefs, pleins d'un courage égal,
Mus par l'espoir de laver une injure,
De la bataille ont donné le signal.
Mais, ô malheur! ô prodige fatal!
Pour l'Hyménée ô cruelle aventure!
De traits aigus les Cyclopes percés
En un clin-d'œil sont partout renversés.
Le noir Stérope en vain lève un enclume,
En vain son bras en efforts se consume,
Pour écraser un essaim de plaisirs;
La masse énorme a trompé ses désirs,
Et s'échappant de sa main défaillante,
S'en va frapper la terre gémissante.
Alors l'Amour, plânant sur le géant,
D'un trait ailé parti d'une main sûre,
Lui fait au cœur une horrible blessure,
Le voit tomber et s'envole en riant.
Sur un beau roc élancé dans la nue,
Dont le front noir, hérissé de sapins,
Les âpres flancs, sillonnés de ravins,
Attristent l'âme et fatiguent la vue,
De Pyracmon la poitrine velue
Présente aux coups un bouclier de crins.
Par deux bons dards implantés dans les reins,
Du monstre affreux la force est abattue;
Son bras dompté laisse aller sa massue.
L'immense corps chancelle dans les airs;
Sous les douleurs le corps vaste succombe,
Glisse, et du roc jusques au bord des mers
Roule, bondit, rebondit et retombe.
Le grand Brontès soutient seul les assauts
Des Cypriens; Brontès est un héros:
Fils de la terre et du ciel, sur sa mine
On découvrait son illustre origine.
Son œil brillant, enflammé de courroux,
Avec fierté cherche au loin dans la plaine
Quelque rival digne au moins de ses coups.
Le seul Amour semblait valoir la peine
D'être assailli de deux ou trois cailloux;
Le bras tendu, retenant son haleine,

De l'Amour donc il mire les genoux,
Le Dieu, surpris de ce genre de guerre,
Bande son arc pour prévenir l'affront,
Et du géant prêt à lancer la pierre,
Un dard sifflant que lance un bras plus prompt,
Perce à la fois la main, l'œil et le front.
Oh! qui pourrait raconter les merveilles
Que fit l'Amour pour châtier Vulcain !
Il me faudrait plusieurs siècles de veilles,
Plume de fer, cent rames de vélin,
Pour retracer les hauts faits du lutin.
Ce n'est partout qu'un horrible carnage :
L'ardent Amour, prenant goût à l'ouvrage,
De vingt carquois épuise tous les traits.
Son bataillon suit ses traces de près,
Frappe à son tour, et seconde sa rage,
Si bien qu'alors Vulcain désespéré,
Ayant de suite un bateau démarré,
S'en va chez lui, par une fuite prompte,
Cacher ses pleurs, ses regrets et sa honte.

Tel est l'Amour, ce roi de l'univers :
Qui le provoque aventure sa gloire ;
Il faut le fuir pour avoir la victoire,
Et l'éviter pour ignorer ses fers.

Sans s'amuser à poursuivre sur l'onde
Le fugitif plein d'un effroi mortel,
Cupidon las réunit tout son monde,
Les range en ligne, et puis fait son appel.
Aucun ne manque; on retourne à la ville,
L'air fatigué, d'un pas ferme et tranquille.
Figurez-vous tous ces guerriers d'un jour,
Au son du fifre, enseignes déployées,
Rentrant vainqueurs dans le muet séjour
Où tremblottaient les Grâces effrayées.
Vénus, toujours donnant dans les grands airs,
Jouait encor des attaques de nerfs ;
Mais, quand son fils, embelli par la gloire,
En rougissant lui conta sa victoire,
Dame Vénus fit de suite emporter
L'éther, l'hoffman, et reprenant courage,
Même essaya de rire et d'insulter
Le pauvre époux: des humains c'est l'usage,
Quand le péril a cessé d'exister :
Les Dieux alors voulaient nous imiter.

Depuis ce jour une garde choisie
Fut par l'Amour à Paphos établie
Pour repousser les futurs agresseurs.
Il la forma de ses adorateurs,
D'Anacréon, Properce et compagnie;
Des ris légers il créa des chasseurs,
Et se fit chef de cette arme chérie.
Mais dans ce corps le centre est ignoré;
Nul écloppé n'est admis au service,
Nul remplaçant n'est là-bas toléré,
Et pour autrui n'assiste à l'exercice.
On ne vit onc de soldats plus instruits;
Ils savent tout, sans avoir rien appris.
D ux fois par mois la savante brigade
Devant Vénus défile la parade ;
Deux fois par mois, à son auguste aspect
Un beau drapeau s'incline avec respect,
Drapeau brodé par des mains immortelles,
D'un pigeon d'or richement surmonté,
Don magnifique offert par la Beauté
A la valeur des cohortes nouvelles.
Enfin, lecteur, pour borner mon récit,
De huit Linus la musique assez fade,
De temps en temps écorchant une aubade,
Fait dans Paphos autant de mauvais bruit,
Qu'à l'officier ils causent de dépit
Par une humeur tracassière et maussade,
Par un orgueil dont rien ne les guérit;
Jamais, dit-on, leur cervelle malade
Au Colonel ne laisse de répit :
D'où je conclus que dans chaque bourgade
Bien des Linus sont des pauvres d'esprit.

ÉPILOGUE.

C'était ainsi que ma muse légère
Charmait le cours de l'heure passagère,
C'était ainsi que d'un loyal époux
Elle chantait l'inutile courroux.
En transcrivant en langage vulgaire
Son beau récit, trop sublime pour nous,
Je caressais une folle chimère,
Belle Hersilie, et je pensais à vous :
Je me disais : ah ! si quelque jaloux
Un jour d'assaut voulait prendre ses charmes ;
L'Amour aussi lui prêterait ses armes.

Et moi j'irais supplier cet Amour
De m'enrôler dans une compagnie;
Je lui dirais : «Je t'ai donné ma vie;
» Accorde-moi quelque grâce en retour.
» Avec les tiens tu défends mon amie,
» Avec les tiens que je venge Hersilie.
» Si tes rigueurs m'ont valu tes bienfaits;
» Daigne accueillir le vœu que je hasarde,
» Et permets-moi de monter une garde
» Que je voudrais ne descendre jamais. »

ÉDOUARD B.

HISTOIRE NATURELLE.

QUESTION RÉSOLUE

Sur la révolution universelle du Globe terraqué (1).

CETTE question est celle, peut-être, sur laquelle les philosophes naturalistes de notre siècle sont le moins d'accord. Les observations, les collections les plus nombreuses et les plus rares des cabinets d'histoire naturelle, faites dans la vue seule de découvrir la vraie cause qui a pu produire une catastrophe universelle sur toute la surface de la terre, n'ont pas suffi, jusqu'à ce jour, pour concilier les opinions des savans. Ils sont loin d'expliquer, par des principes uniformes, ces effets prodigieux qui ne cessent de les frapper d'étonnement. La prévention pour un système embrassé légèrement, l'ambition de créer de nouvelles hypothèses, souvent fantastiques et extravagantes, le désir de se donner la réputation d'homme éloquent et rempli de sagacité, dût-on heurter de front les monumens les plus authentiques de la nature; tous ces motifs sont cause que la vérité, loin de se dévoiler,

(1) Le Déluge.

se cache de plus en plus, et s'enveloppe de nuages toujours plus épais, au lieu de briller d'une lumière nouvelle.

Il est plus d'une fois arrivé, lorsque je montrais dans mon cabinet des pétrifications singulières, que les uns en tiraient la preuve d'une alluvion universelle; que les autres y trouvaient celle de la retraite lente de la mer, et (après une longue suite de siècles) de son retour sur les mêmes terres, où elle déposait, à chaque période, un très grand nombre de ses testacés, qui dans les exhaussemens successifs du fond, ont dû suivre le cours des eaux.

L'examen de ces pétrifications a confirmé d'autres naturalistes dans la persuasion que la température de quelques parties du globe est sujette à un changement total, occasionné par une lente variation dans l'inclinaison de l'écliptique.

Selon leur hypothèse, qui donne au monde une durée infinie, les zônes glaciales, dans une révolution de siècles innombrables, éprouvent à leur tour le degré de chaleur qu'éprouve aujourd'hui la Zône torride.

Enfin d'autres en ont conclu le refroidissement du globe qu'ils supposent avoir été d'abord en fusion.

Je ne parlerai point d'une multitude de systèmes dont la seule énumération serait aussi longue qu'ennuyeuse, et dans une aussi grande diversité d'opinions, je me bornerai à quelques faits, et à quelques considérations qui vous suffiront pour établir une opinion raisonnable sur les causes de cette étonnante révolution dont les traces sont gravées si profondément sur toute la surface de notre planète.

En partant de quelques découvertes et de quelques observations nécessaires pour nous guider dans nos recherches, j'observerai d'abord que les os d'éléphant qui se trouvent abondamment en Sibérie, paraissent, eu égard à la température du climat, y avoir été transportés de régions très éloignées. Il en est de même de ceux qu'on a trouvés dans les fouilles faites en quelques lieux de la Hongrie, de l'Allemagne, et même de l'Italie, comme dans les montagnes du Véronèse, dans la Toscane, et dans la Sicile.

Les fouilles qui ont été faites, dans les montagnes voisines de Vérône, ont procuré des os d'une grandeur énorme, parmi lesquels est la moitié d'un os du fémur, de trois pieds et demi de longueur, que l'on a pris longtems pour un d'éléphant, mais que sans doute, à cause de sa grandeur, on doit, suivant l'opinion de M. Hunter, attribuer à d'autres animaux d'un espèce qui nous est aujourd'hui inconnue.

On observe que ces grands os, depuis ceux qu'on a trouvés en Sibérie, jusqu'à ceux que renferment les montagnes du Véronèse, sont rompus pour la plupart; et que quelques-uns qui ont été conservés entiers avec leurs apophyses, sont fendus dans toute leur longueur; ce qui prouve assez qu'ils ont été exposés à des chocs très violens, dans quelque bourasque, qui après les avoir agités et ballottés longtems, les a réunis et laissés dans un amas confus et sans ordre.

Vous savez de plus que toute la superficie du globe, et singulièrement les montagnes, sont couvertes de dépouilles marines, distribuées avec une si grande diversité, et en quelques endroits tellement fracassées, que des naturalistes ont pensé qu'un pareil bouleversement n'a pu être opéré que par des causes et dans des tems différents.

En effet, dans une seule province, telle que le Véronèse, on trouve ici des cornes d'Ammon, ou des buccardites, ou des turbinites; là des échinites, ou des nautiles, ou des articulations de méduses. Enfin, tantôt dans un lieu, tantôt dans un autre et à de grandes distances, les grifflites, les ostracites, les buccinites, les murex, les pettinites, et une quantité d'autres espèces, ici seules et disposées par familles, là mêlées confusément; tantôt entières et bien conservées, tantôt fracassées et comme broyées: ici déposées à peu de profondeur, là rangées en lits réguliers et séparés, qui ordinairement s'enfoncent à de grandes distances.

On observe encore que certaines espèces de testacés pétrifiés occupent exclusivement des régions particulières. Tels
sont les pectinites qui forment entièrement le sol de Gênes
et de la majeure partie de la côte voisine, sans aucun mélange
d'autres testacés, de manière qu'ils semblent liés par un pur
ciment. Les lits d'ostracites de la Virginie se retrouvent dans
les montagnes voisines de Berne, dans le Bellonèse, et dans
l'île de Cythère : enfin, la surface entière du Globe ne présente autre chose que des dépôts de coquilles marines, tantôt classées par familles, tantôt confuses, mais toujours de
la plus grande variété.

Après les ossements et les testacés, auxquels on peut encore
ajouter les madrépores, les coraux, et les autres litophytes,
il est un autre genre de pétrifications, non moins importantes,
par les conséquences qu'on en peut déduire, et qui viennent
à l'appui des premières.

Ces pétrifications se rencontrent dans la célèbre montagne de Bolca, située sur les confins du Véronèse et du Vicenti.
Cette montagne renferme une grotte de pierres scissiles qui,
dans leurs interstices, contiennent les cadavres d'une multitude d'espèces de poissons marins. En divisant ces pierres, les
poissons se partagent aussi par moitié, avec une telle distinc-
tion de parties, qu'on ne peut se méprendre sur leurs espèces. Les vertèbres, les arêtes, les écailles, les nageoires, et
quelquefois la chair même y sont représentés en relief.
Très souvent, et particulièrement dans les grands poissons,
les vertèbres sont crystallisés, diaphanes et changés en spath
calcaire transparent.

L'étendue de la grotte de Bolca ne passe pas cinquante
pas géométriques. La variété et surtout l'exoticité des poissons de cette grotte, causent un étonnement égal à celui que
produit l'examen des os dont nous avons parlé. Cet étonnement redouble encore quand on réfléchit sur les causes
et sur les temps qui, dans un espace aussi étroit, ont accu-

mulé des poissons reconnus aujourd'hui pour appartenir à des mers séparées par des distances prodigieuses.

Dans mon cabinet qui contient plus de six cents poissons de diverses grandeurs, tous extraits de la grotte de Bolca, on en voit plus de cent bien reconnus différents de genre et d'espèce. Il en reste beaucoup à reconnaître.

Le territoire de Vérone est situé par les 45ᵈ. environ de latitude septentrionale ; et les poissons pétrifiés qu'on y trouve appartiennent, pour la majeure partie, à la mer du Sud, comme je le dirai.

Une multitude d'espèces de poissons, communs à toutes les mers, comme les aiguilles (Esox Acus), diffèrent de celles de Bolca, puisque celles-ci présentent des variétés très remarquables, et qui ne correspondent point aux descriptions des ichtyologistes anciens et modernes. Par exemple, dans les aiguilles de Bolca, la nageoire dorsale qui commence vers la nuque, s'étend, sans interruption, jusqu'à la queue, à la différence de toutes les aiguilles connues de nos mers, dont la nageoire dorsale ne commence qu'à la moitié du dos. Il en est de même des autres poissons de Bolca : ils diffèrent presque tous par quelque variété remarquable de leurs analogues, que nourrissent nos mers et celles du Sud. Telles sont les réflexions d'un célèbre naturaliste, sur les poissons de Bolca, qu'il s'est donné la peine d'examiner.

La première décade des poissons, publiée par Brissonnet, nous a convaincus qu'un grand nombre de ceux de Bolca appartiennent exclusivement, comme je l'ai déjà dit, à la mer pacifique. J'en ai quatre dans mon cabinet, dont la figure, les proportions et les nageoires sont exactement semblables à celles de quatre décrits par Brissonnet, et qui ne se trouvent que dans les mers qui baignent l'île d'Otaïti : ce sont, le *Polynemus plebeius*, ou l'Émoï des Otaïtiens, le *Gobius strigatus*, que ces insulaires nomment Iapoa; le *Chœton triostegus* et le *Gobius oscellaris*. Ces quatre poissons ne diffèrent en rien des individus que le Chevalier Banko a fait

connaître à Brissonnet. Il reste encore beaucoup de chéto-
dons tirés de la montagne de Bolca, qui paraissent de l'espèce de ceux d'Otaïti, qu'on se propose d'examiner, lorsque
Brissonnet aura mis au jour la suite de ses décades.

On trouve encore, dans les excavations de Bolca, la gua-
perva du Brésil, avec les espèces analogues, le poisson volant,
tel que Pisson l'a décrit dans son histoire du Brésil; on y
trouve les morues du banc de Terre neuve, et d'autres poissons
inconnus jusqu'à présent, et qui n'ont été examinés ni décrits
par aucun ichtyologiste.

Que l'on compare la position géographique de Bolca, (où
se trouvent ces poissons pétrifiés,) par les 45ᵈ. de latitude
nord, et les 28ᵈ. de longitude comptés à l'orient du méridien
de l'île de Fer ; que l'on compare, dis-je, cette position avec
celle des mers qui baignent les côtes de l'île d'Otaïti, située
par les 18ᵈ. de latitude australe, et les 228ᵈ. de longitude
comptés sur le même méridien; la différence sera d'environ
200ᵈ. de longitude, entre Bolca et Otaïti; on peut les regarder comme étant à peu près antipodes.

Comparons encore la position des mers du Brésil avec
celles qui couvrent le grand banc de Terre-neuve; les premières par les 15ᵈ. de latitude australe, et par les 340ᵈ. de
longitude ; les secondes par les 50ᵈ. latitude boréale, et les
322ᵈ. de longitude. Des distances aussi énormes entre le lieu
où les poissons que nous avons nommés se rencontrent pétrifiés, et les lieux où ils vivent et se propagent aujourd'hui,
prouvent assez la force d'une révolution qui a pu occasionner
un transport aussi éloigné qu'étonnant, mais indubitable
quant au fait.

Comment ces poissons, et une multitude d'autres corps,
tant terrestres que marins, se trouvent-ils si voisins de la surface des terres, dans des lieux et sous des climats dont la
seule température, loin de leur offrir des moyens de subsis-
tance, ne leur aurait pas même permis de se reproduire? Si
la révolution des siècles eût changé les climats ; si la décli-

naison de l'Écliptique eût varié insensiblement, et que
son obliquité eût été telle que les Zônes glaciales eussent é-
prouvé, dans des temps reculés, la même température qu'é-
prouve aujourd'hui la Zône torride, on pourrait comprendre
comment des animaux indigènes des régions les plus chaudes,
ont pu vivre et se multiplier à d'aussi grandes distances de
l'équateur, et presque jusque dans les régions voisines des
pôles où ils se trouvent ensevelis. Mais ni l'Astronomie, ni les
observations de tant de siècles ne nous présentent le moindre
indice d'un semblable changement; et ni l'Histoire, ni la
Tradition ne nous offrent le plus léger vestige de ces incroy-
ables émigrations qu'on se plaît à supposer.

Je dirai plus: les dépouilles marines, dont toute la terre
est couverte, même sur les parties les plus élevées, telles
que les Cordilières, et que les eaux ont dû transporter sur
ces montagnes; ces dépouilles, dis-je, sont presque toutes
fracassées et comme broyées; toutes, jusqu'aux grands ostracites, et autres testacés de plusieurs pouces de grosseur,
et qui cependant sont aussi maltraités qu'ils auraient pu
l'être par les coups d'un pesant marteau. Les animaux de ce
genre, qui meurent naturellement, laissent leurs coquilles
entières et bien conservées: une tempête épouvantable a
pu seule occasionner le bris de ces grands testacés. Mais
cette tempête ou catastrophe, de quelque manière qu'elle
soit arrivée, n'a pu déployer de si grandes forces, que dans
le cas où elle aura été tumultueuse, accompagnée de torrents
impétueux et prolongés, qui, en se heurtant et frappant à
coups redoublés contre les rochers, auront brisé ce grand
nombre de testacés, et même les plus robustes. L'effet naturel de ces courants, de cette bourrasque, de ces tournants, a
été d'accumuler, dans certains lieux, les dépouilles marines,
et d'en former les monts entiers qui se trouvent si fréquem-
ment; de les semer ailleurs, et de les étendre en surface,
dans quelques endroits. Les eaux dormantes leur ont permis
de se réunir en familles; de nouveaux courants impétueux,

survenus ensuite, les y ont ensevelies, comme on peut en
juger par les couches de ces coquilles, et comme il est arrivé souvent dans beaucoup d'inondations locales.

Mais la surface du Globe offre aux réflexions du philosophe
une autre série de merveilles, qui le conduit aux mêmes
résultats sur les causes de cette épouvantable catastrophe
qui a pu fracasser et transporter à de si grandes distances du
lieu de leur origine, cette étonnante quantité de corps organisés. Les volcans éteints vont nous offrir un nouveau spectacle, et nous fournir de nouvelles preuves.

Considérons leur universalité ; observons la forme, et, si
j'ose le dire, le vêtement extérieur de ceux que les naturalistes nomment *de date ancienne*, dont nous ne connaissons
ni le tems de l'extinction, ni, moins encore, celui de l'origine. Ces volcans occupent presqu'entièrement les parties
montueuses de la terre, puisque, d'après les observations
des naturalistes, toutes les montagnes, depuis les quatre
grandes chaînes de primaires qui ceignent le globe, jusqu'à
celles qui sont répandues sans ordre sur toute sa surface,
contiennent des matières volcaniques : ici, c'est le basalte (1)
vollonaire ou crystallisé qui forme quelquefois des montagnes
entières ; là, se trouve le basalte fondu et stratifié, tantôt
seul, tantôt mêlé de bancs calcaires. Quelquefois ce même
basalte, après avoir été déplacé et brisé par des éruptions
survenues après sa congélation, est répandu çà et là en
masses irrégulières. Enfin, les laves, les pouzzolanes, les pier-
res-ponce, les cendres volcaniques, toutes productions du
feu, se présentent à chaque pas dans presque toutes les montagnes, soit primaires, soit secondaires ; et bien souvent le
basalte et le tuf volcanique renferment des coquilles calci-
nées et comme empâtées dans ces matières. Le basalte et le
tuf de nos montagnes voisines de la vallée de Rouca, offrent
ce genre de pétrifications singulières.

_____

(1) Voyez page 171.

Un témoignage non équivoque de l'origine *subaquée* (1) de ces volcans éteints ou *de date antique*, c'est qu'on n'y retrouve aucune trace de cratère qui indique le lieu de l'éruption ; ils sont tous, au contraire, arrondis, masqués, et recouverts de toute part, à différentes inclinaisons, et quelquefois horizontalement, par des lits de terre marine ou calcaire : effet bien démontré des eaux qui la couvraient alors, et qui, en comblant par leurs dépôts le cratère qui avait vomi les différentes matières volcaniques, et en se combinant avec l'effet d'une éruption *subaquée*, ont fourni à ces matières encore en fusion, les testacés qui se sont empâtés avec elles.

Les volcans du second ordre, ou *de fraîche date*, moins universels, sont ceux qui brûlent continuellement, ou qui, quoiqu'éteints, montrent encore un cratère ouvert, et qui n'a jamais été masqué par les eaux. Ceux-ci, en comparaison des premiers, sont en petit nombre. Un célèbre géographe qui les a comptés, les nomme *terrestres*, pour les distinguer des volcans subaqués.

L'histoire naturelle des deux genres de volcans nous fournit des conjectures suffisantes sur les causes de la révolution qui fait l'objet de nos recherches. Personne ne niera, je crois, que les eaux, ou seules, ou aidées du fluide électrique, dont on prétend qu'elles sont le conducteur, ne soient la cause principale et efficiente des tremblements de terre, et par conséquent des renversements, des abaissements ou gouffres terrestres, de ces énormes soupiraux qui lancent des flammes ; en un mot, de tout ce qui se nomme volcan. Les grandes inondations, les marées extraordinaires, les débordements, les pluies longues et abondantes, ont, dans tous les temps, produit de semblables effets, lorsqu'elles ont trouvé des matières disposées à la fermentation et à l'inflammation ; telles que le sont les pyrites martiales, les mines métalliques sulfureuses,

(1) *Subaqué*, du latin *sub aquâ* sous l'eau ou submergé.

et les autres matières semblables. Il serait inutile de s'appesantir sur une vérité prouvée par l'Histoire et par les observations de ces derniers temps.

Les eaux, en s'élevant au-dessus des continents, ont dû
occasionner ces terribles effets, particulièrement sur les
parties montueuses, remplies presqu'à chaque pas de mines
sulfureuses, et de pyrites martiales qui ne demandent que le
concours de l'eau pour entrer en effervescence, pour s'enflammer; capables enfin, lorsqu'elles sont en masses suffisantes, de produire les plus violentes éruptions volcaniques.
Que les eaux se soient élevées au-dessus de la cime des
montagnes, c'est un fait démontré par la présence de cette
multitude de corps marins pétrifiés sur ces cimes. Que les
mêmes eaux aient produit ce nombre étonnant de volcans
présentement éteints, c'est un autre fait également prouvé
par la quantité de matières métalliques et sulfureuses que
renferment ces mêmes montagnes : enfin, le cratère masqué
et recouvert de ces volcans, ne laisse aucun doute sur leur
formation subaquée; et les stratifications, ou horizontales, ou
parallèles au plan incliné des montagnes, portent le caractère d'une grande inondation, et de la retraite des eaux.

Mais si les effets ont été universels, ce qui est hors de doute, l'inondation qui les a produits doit avoir été générale :
comment pourrait-on autrement expliquer l'universalité des
volcans subaqués dans toutes les parties les plus élevées du
globe ?

Ces deux effets (les alluvions et les volcans), nécessairement combinés dans le même temps, et qui, tous les deux,
prouvent la même cause, me font comprendre plus facilement de quelle manière des crustacés qui ne vivent qu'au
sein des mers les plus profondes, ont pu être transportés
jusqu'au sommet des plus hautes montagnes; comment les
courants impétueux, qui ont dû se former dans cette horrible catastrophe, ont fracassé et transporté, d'un hémisphère
à l'autre, l'énorme quantité de corps marins, et même les

corps terrestres que nous déterrons tous les jours. Les cornes d'Ammon, si abondantes, celles dont la grandeur nous
étonne, et dont nous ne connaissons point les analogues
vivants, puisque nous ignorons même dans quelles mers et à
quelles profondeurs elles habitent, n'ont pu certainement
être déplacées que par la violence des volcans subaqués. Les
grands orthocératites, les ostracites, les madréporites, les
coraux, les litophytes de toute espèce, qui sont attachés et
comme fixés aux rochers que couvrent les mers, et que nous
trouvons cependant disséminés et en fragments sur la cime
des montagnes, où ils n'ont pu ni naître, ni croître, prouvent
assez qu'une cause violente les a brisés et transportés jusque
sur les parties les plus élevées du globe. La retraite lente
des eaux auroit-elle eu la force d'arracher les gros litophytes ?
le changement encore plus lent de l'axe terrestre eût-il pu
déplacer les plantes marines fixées et comme clouées à leurs
rochers dans les plus profonds abîmes de la mer?

Le feu qui a produit les grandes chaînes de volcans subaqués, tous revêtus d'un caractère uniforme ; ce feu, dis-je,
a dû lancer en haut, avec violence, les productions marines
des bas fonds ; il a dû ouvrir çà et là de vastes abîmes, chas-
ser, dans toutes les directions, la matière et les corps envi-
ronnants ; il a dû enfin produire les courants les plus violents.
La quantité de cailloux et de pierres que nous observons
sur quelques montagnes, avec leurs angles usés, et même
entièrement arrondis, nous indiquent assez l'existence de
torrents qui les ont roulés longtemps et rapidement : et comme dans ces pierres et dans ces granites arrondis par la rotation, il s'en trouve de toute grandeur, et même de plusieurs
pieds de circonférence, on ne peut douter que les eaux ne
se soient élevées à une hauteur de beaucoup supérieure,
puisqu'elles ont eu une force suffisante pour mouvoir et
rouler des morceaux d'une si grande masse. On trouve de
ces énormes granites arrondis, dans les hautes montagnes,
en face de Bolca, vers St Barthélemi, et sur le mont *Altissimo*.

Des naturalistes en ont rencontré à de plus grandes hauteurs encore, et n'ont pu les considérer sans étonnement.

La dissémination de tant d'êtres vivants indigènes des régions les plus chaudes, transportés jusque sous les Zônes glaciales ; cette multitude de corps marins, la plupart fracassés, arrachés avec violence du fond des mers et transportés également à de si grandes distances des lieux qui les ont vus naître, et jusque sur la cime des montagnes ; l'universalité des volcans, dont le cratère, masqué et couvert de bancs calcaires, indique une origine subaquée; l'existence de tant de granites d'un grand volume, arrondis par l'effet de la rotation ; tout concourt à prouver qu'une bourrasque universelle a bouleversé la terre, et que l'inondation s'est élevée au-dessus du sommet des montagnes.

Si maintenant nous cherchons, soit dans l'atmosphère, soit dans les entrailles de la terre, l'espace d'où sortit cette quantité immense d'eaux répandues sur la surface du globe; si nous demandons quel lieu les recèle aujourd'hui; il faut en convenir, le regard du philosophe s'y perd: mais si le calcul ne lui présente nulle part une masse correspondante de fluide; si le flambeau de la physique s'éteint, la cause qui seule a pu produire une complication d'effets aussi prodigieux, n'en est par moins vraie.

Combien existe-t-il de phénomènes dont la cause est évidente, quoiqu'on ne puisse découvrir, ni la puissance qui l'a mise en action, ni les moyens dont elle s'est servie pour opérer ! Eh ! ne serait-ce pas un abus de la raison, que de nier à une cause son effet, toutes les fois que cette cause étant évidente, la puissance seule qui l'a mise en action est inconnue ?

Les bornes d'une lettre ne me permettent pas, Mr., de répondre à toutes vos demandes sur l'antiquité prétendue de la terre. Les uns veulent que la mer, tournant sans cesse autour du Globe, ait, dans ses retraites successives, marqué tous ses pas par le dépôt des testacés et des corps marins or-

ganisés : mais, pour donner de la vraisemblance à cette hypothèse, il faudrait supposer un concert éternel entre les
mouvements célestes et celui que l'on prête à la mer ; il faudrait que les Zônes glaciales eussent, à leur tour, joui de la
température de la Zône torride, afin de conserver la vie et la
propagation des espèces qui ne peuvent subsister que dans les
régions les plus chaudes.

D'autres se fondent sur l'antiquité prétendue des granites
et des marbres, comme si la nature n'en eût pas pu produire
dans un tems plus court. Les stalactites, les pierres, celles
qui se forment dans la vessie des animaux, ne sont certainement pas d'origine antique. Les concrétions pierreuses que
des anatomistes ont trouvées dans la substance musculaire,
et qui prennent le poli des marbres les plus fins ; les calculs
de nature de silex, extraits de la vessie, et qui font feu avec
l'acier, ne sont sûrement pas des productions de plusieurs
siècles : pour en expliquer la formation, il n'est pas nécessaire de recourir à la chronologie fabuleuse des Chinois.

Bossa.

NOTE (de feu M. Gasseau).

Dans une note, en forme de post-scriptum, l'auteur suppose qu'on lui demande où l'on pourrait prendre une masse
de fluide suffisante pour s'élever au-dessus des plus hautes
montagnes. Il entre à cet égard dans un long calcul dont le
résultat est qu'on peut évaluer cette masse à une sphère de
800 milles de diamètre (sans doute d'Italie). Les mesures
de l'auteur n'étant pas celles qui sont usitées en France, nous
nous contenterons de dire que cette masse de fluide pourrait
être évaluée à une sphère de 300 lieues communes de diamètre : mais la plus grande difficulté étant de placer cette
masse, après le déluge, l'auteur semble pencher vers l'hypothèse de M. de Buffon qui renvoie les eaux qui ont couvert
la terre, dans d'immenses cavernes que, selon lui, son sein

renferme; cependant, peu content de cette supposition, M.
Bossa termine ainsi sa note.

« A cette objection, la physique n'a point de réponse satisfaisante pour un philosophe de bonne foi, qui ne rougira
jamais de son ignorance sur des faits qu'il n'est pas possible
d'expliquer.

En attribuant cette excessive inondation aux tremblemens
de terre, aux volcans, on ne parviendra qu'à expliquer quelques phénomènes locaux et particuliers, et jamais un phé-
nomène universel. Voici ma dernière induction :

Les cimes des plus hautes montagnes offrent des testacés
brisés et fracassés ; et ces testacés appartiennent à des mers
éloignées d'une demi-circonférence des lieux où se trouvent
ces testacés.

Sur ces mêmes cimes se rencontre une multitude de cailloux et de granites arrondis.

Des animaux, propres à la Zône torride, sont ensevelis
dans le sein des Zônes glaciales et tempérées.

Donc il a existé une alluvion universelle : donc cette alluvion a été très violente : donc enfin les eaux se sont élevées
au-dessus des plus hautes montagnes. »

EXPLICATION DE QUELQUES TERMES TECHNIQUES.

Basalte, pierre noire, fusible, produit des volcans.
Buccardite, coquillage fossile, bivalve, appelé cœur de bœuf.
Buccinite, coquillage fossile, univalve, et du genre des
        Buccins.
Corne d'Ammon, coquillage fossile, en spirale applatie, forme
        de corne de bélier. Il y en a de fort grandes.
Crustacé, tout poisson à écailles ou à croûte dure, comme
        l'écrevisse. Quand il est pétrifié, il se nomme crus-
        tacite.
Échinite, oursin de mer, pétrifié.

Gryphite, coquillage fossile, forme de bateau, du genre des huîtres.

Lave, matière fondue qui sort des volcans.

Lithophyte, on comprend sous ce nom des pierres plates et autres concrétions qui sont l'ouvrage des polypes.

Madrépore, concrétion pierreuse, en forme d'éponge, ouvrage des polypes.

Articulation de Méduse, concrétion pierreuse, en forme de tuyau, qui est l'ouvrage des vers marins, appelés *mollusques*.

Murex, limaçon de mer dont les Anciens tiraient la couleur de pourpre.

Nautile, coquillage univalve en forme de bateau.

Orthocératite, concrétion pierreuse, ouvrage des mollusques.

Ostracite, huître pétrifiée.

Pectinite, coquillage dont la fossile est cannelée comme des dents de peigne.

Pierre-ponce, pierre très légère, produit des volcans.

Pouzzolane, sable volcanique.

Testacé, nom donné à tous les poissons renfermés dans des coquilles.

Turbinite, coquille fossile en spirale.

LE RÉVEIL,

ÉLÉGIE.

Déja le doux vent de l'aurore
A l'univers paisible encore
Annonce la splendeur du jour;
La cime des monts se colore,
Et des bois le chantre sonore
Prélude à ses hymnes d'amour.
La nuit délaisse la nature :
La plaine a reconquis l'éclat de ses couleurs;
Le vallon son écho, la forêt son murmure,

Et le bord du ruisseau sa verdure et ses fleurs!
Le jour ranime tout dans sa marche féconde :
Oh! que l'œil, entr'ouvert par le flambeau du monde,
Aime à voir sa clarté du sein brisé des mers
Jaillir, de pourpre et d'or semer les cieux et l'onde,
Et de ses purs torrents inonder l'univers !
   Réveille-toi, ma douce amie;
  Les moments du repos sont perdus pour l'amour;
    L'âge d'aimer fuit sans retour ;
Il ne vient qu'une fois le printemps de la vie.
Cueillons les tendres fleurs qu'il offre à nos désirs;
Hâtons-nous d'en former une jeune guirlande,
Et qu'à l'autel du Dieu des Ris et des Plaisirs
   Ta main timide les suspende :
   Le Dieu des Ris veut cette offrande
De ceux dont il entend les vœux et les soupirs.
   Regarde-moi, ma douce amie,
   De ta paupière appesantie
   Bannis le languissant sommeil;
Et de la volupté proclame le réveil.
   Dieux! qu'elle est belle, ma maîtresse !
Qu'elle est belle à mes yeux dans ce mol abandon !
Mais qu'entends-je? sa voix appelle ma tendresse,
   Sa voix a bégayé mon nom.
Amour, Amour, je cède à ta flamme brûlante,
Dans mes avides bras j'enlace mon amante.
Mais pourquoi contenir par un geste abhorré
L'impétueux transport auquel mon cœur succombe?
Cruelle, tremble, hélas! que l'aspect de ma tombe,
Un jour mouillant de pleurs ton œil désespéré,
N'éveille des remords dans ton cœur déchiré.

      ÉDOUARD B.

LE REMÈDE INFAILLIBLE.

CONTE.

Le médecin Decrac rencontre dans la rue
Damis courant, pleurant, et la tête perdue.
«—Où courez-vous, sandis? —O ciel! c'est vous, Docteur!
»Venez vite au logis. Hélas ! mon pauvre père
»Est au plus mal ; déjà Dolphus, votre confrère,
»Vient de l'abandonner sur son lit de douleur.

»—C'est un âne qui craint toujours qu'on ne guérisse.
«—Il a dit en sortant : Que la nature agisse.
»—Que la nature agisse ? Il est fou, sur ma foi.
»Votre père est sauvé s'il est soigné par moi.
»—Vous me rendez la vie, en vos talents j'espère.
»—Certes, j'en ai de grands...Mais voyons votre père.
»—Comment le trouvez-vous ? —Il est mal, j'en conviens ;
»Mais j'en ai, Dieu merci, guéri de plus malade.
»Avec cet élixir que dans mes mains je tiens,
»Je veux qu'avant huit jours il mange la salade.
»Vous le lui ferez prendre, à jeun, matin et soir ;
»Ce remède est certain, j'en réponds, au revoir. »
Au bout de quelques jours notre Esculape arrive.
»—Docteur, lui dit Damis d'une voix expressive,
»Il est mort! —Comment mort? —Oui, mort malgré votre art.
»—Quoi! votre père est mort? —Bien mort! —Oh! le gaillard!»

VICTOR SIMON.

MÉTROMANIE.

Ambitieux amant des filles de mémoire,
Du seul Dieu de Délos implorant le secours,
Dès mes plus jeunes ans j'osai chercher la gloire,
Et je touche sans gloire au midi de mes jours...
Combien de fois, hélas!, vous, mes seules idoles,
Mortels divinisés au Pinde révérés,
N'ai-je pas arrosé de mes larmes frivoles,
Vos vers harmonieux par le ciel inspirés !
Pour flétrir vos lauriers l'envie envenimée
Sur vos pas, je le sais, fit jaillir ses poisons :
Mais, grands hommes, du moins un peu de renommée
Vous vengeait de la haine en illustrant vos noms.
Hélas! trop inconnu pour irriter l'envie,
J'ai vu s'évanouir l'aurore de mes ans,
Et privé des erreurs qui flattent le génie,
J'atteindrai lentement le terme de la vie
Sans avoir su marquer un seul de mes instants.
Et vous qui refusiez à ma muse légère
Ce chimérique honneur que j'ai trop poursuivi,
Un jour, peut-être, un jour sur ma froide poussière
Vous brûlerez l'encens que vous m'avez ravi.

ED. CORBIÈRE.

TRADUCTION

TEL le ministre ailé du tonnerre, à qui Jupiter, roi des Dieux, laissa l'empire sur les oiseaux du ciel, après avoir éprouvé sa fidélité dans l'enlèvement du blond Ganymède, fut un jour chassé du nid paternel par la vigueur héréditaire et par une jeunesse imprévoyante des fatigues ; déjà les vents du printemps, déchaînés dans les cieux purs de nuages, obligent son essor timide à des efforts inaccoutumés ; bientôt un rapide mouvement abaisse son vol ennemi sur les agneaux tremblants ; aujourd'hui l'amour de la proie et du sang le précipite sur les serpents élancés contre lui : ou tel un lionceau, déjà repoussé de la mamelle de sa mère, déjà privé de son lait, s'offre au chevreuil qui broute l'herbe des riants pâturages, et que doit déchirer une dent naissante : tel, au sein des Alpes, Drusus, agitant le glaive de Mars, s'offrit aux guerriers de la Vindélicie, dont un usage, continué dans tous les siècles, arme la main d'une hâche à l'Amazone. J'ai négligé d'en rechercher la cause ; il n'est pas permis de tout savoir. Mais leur multitude, longtems et partout victorieuse, vaincue par la prudence du héros, sentit ce que pouvait le génie, ce que pouvait un heureux naturel développé dans un asyle favorable, ce que pouvait l'âme paternelle d'Auguste sur les jeunes Nérons. Le courage naît du courage et du mérite. La force du père étincelle dans les taureaux, étincelle dans les coursiers ; et l'aigle belliqueux ne produit pas la colombe craintive. Mais l'instruction déploie le génie inné.

et de vertueuses leçons fortifient le cœur ; si la morale cesse une fois d'être sévère, des chutes ternissent l'éclat des dons de la nature.

O Rome, que ne dois-tu pas aux Nérons ? Tout l'atteste au monde, et le fleuve Métaurus, et Asdrubal dompté, et ce beau jour qui vit dissiper les ténèbres du Latium, qui le premier se leva brillant du doux éclat de la gloire, depuis que le cruel Africain parcourait sur son léger coursier toutes les villes de l'Italie, comme la flamme parcourt les poutres arides, et l'Eurus les ondes Siciliennes. Depuis ce jour, la jeunesse romaine s'éleva par d'heureux travaux, et les temples dévastés par les hordes furieuses de Carthage, virent relever leurs Dieux abattus. Le perfide Annibal dit enfin : » Cerfs fugitifs, proie des loups rapaces, nous harcelons té- » mérairement un peuple que notre plus beau triomphe est » de tromper et d'éviter. Cette nation, qui sortie vigoureuse » des cendres d'Ilion, jouet des vagues Toscanes, apporta » aux villes de l'Ausonie, ses Dieux, ses enfants, ses vieillards, » de la mort, du ravage, du fer même emprunte son courage » et sa force, comme un chêne dégarni par les haches tran- » chantes, dans un sol favorable à son noir feuillage, s'élève » plus robuste du meurtre de ses rameaux. Non, l'Hydre » mutilée ne s'élança pas avec plus de vigueur contre Her- » cule furieux d'être vaincu ; Colchos et Thèbes n'enfan- » tèrent jamais un tel monstre. Précipitez un romain au » fond d'un abîme, il reparaît avec plus d'éclat ; luttez » avec lui, il renversera son vainqueur déshonoré, et livrera » des assauts dignes d'être racontés à son épouse. Je n'en- » verrai plus en Afrique d'orgueilleux messages ; il est tombé » l'espoir et le bonheur de mon nom, Asdrubal n'est plus. Il » n'est rien que n'accomplisse le bras de Claudius, ce bras » que défend la protection de Jupiter, et tout cède à la ruse » vigilante au milieu des épines de la guerre. »

Y.

L'EMPRUNTEUR (*).

O<small>N</small> a assez dit et redit que les emprunts sont la source la plus féconde du crédit. C'est par les emprunts que M. Pitt a élevé l'Angleterre à l'état de prospérité dont elle jouit. Ce fameux Ministre n'a dû la découverte de cet actif moyen qu'à l'anecdote qui lui fut racontée sur l'intéressant Schneider, dont la mémoire emplit encore les montagnes et les vallées de la Suisse.

Schneider, habitant du canton d'Underwald, était issu d'une bonne famille helvétique, dont un membre avait été petit cousin du landaman. Le père de Schneider s'était mis en tête de rompre en visière aux oligarques de certain canton. Cet homme, né démocrate, prétendait que les constitutions helvétiques étaient une véritable arlequinade ; qu'il ne concevait pas l'aristocratie d'un petit canton à côté de la démocratie d'un autre. Il voulait que tout cela fût un ; que les lois, les charges qu'elles imposent, ou les droits qu'elles garantissent fussent communs à tous ; enfin il rêvait le grand projet de niveler les montagnes de la Suisse en les rabotant avec le contrat social de Jean-Jacques. Ce plan ne fut pas goûté. Le père Schneider y dépensa beaucoup d'argent, et mourut, en ne laissant à son fils unique qu'un cahier de constitutions parfaitement relié, doré sur tranches, aux armes des divers cantons.

Le fils Schneider, ainsi deshérité par la démocratie de son papa, avait reçu de la nature de belles et bonnes qualités

(*) Extrait de l'Art de faire des dettes, brochure nouvelle. Chez Pélicier, Libraire, Place du Palais royal, à Paris.

physiques. Il s'était fait une sorte d'éducation *par les yeux*, tout-à-fait analogue à celle d'un *homme comme il faut*. Sa figure, sa taille avantageuse, son caractère heureux, tout cela valait certainement bien 200,000 francs de capital, ou 10,000 francs de rente; mais le jeune Schneider ne les avait pas en poche.

Comme il portait un nom connu et estimé, il était reçu dans les bonnes maisons du canton. Bien qu'il fût de notoriété que son père le laissait sans fortune, on n'imaginait pas que l'inventaire après décès se fût réduit à un cahier de constitutions. Le système des emprunts vint soudainement à l'esprit de Schneider, comme à Newton celui de l'attraction; et avec le saint zèle qu'on apporte à mettre en pratique une heureuse découverte, il déclara hautement dans le monde qu'il avait besoin de 2,000 rixdalers (10,000 fr.); qu'il en paierait l'intérêt à cinq pour cent, le tout remboursable à six mois de date. Ce premier emprunt étant une fois réalisé, il était sûr de son affaire. Il fit tant par ses bonnes manières, qu'un banquier dont la maison était alors connue sous le nom de *Frey et compagnie*, consentit à lui faire ce prêt, et reçut en échange du jeune Schneider deux billets qu'il garda en portefeuille.

Nanti de cette somme, Schneider s'appliqua à vivre honnêtement et honorablement. Il régla ses dépenses, et affecta d'initier chacun à son petit train de vie. Il passa pour aimable et confiant; son père, disait-il, ne lui avait laissé que fort peu de chose: mais au moyen de quelques affaires qu'il ferait, il parviendrait facilement à joindre les deux bouts de l'année. Cette modestie et cette bonne conduite furent bientôt remarquées; en moins de trois mois on l'appelait dans le canton d'Underwald *l'intéressant Schneider*.

Cependant les billets de 2,000 rixdalers mûrissaient dans le portefeuille de Frey; mais, deux mois avant l'échéance, Schneider avait reçu d'un autre banquier, le riche Freuler,

dés offres spontanées de service et d'argent ; il les avait ac-
ceptées et étendues cette fois à 3,125 rixdalers, dont il éta-
blissait ainsi l'emploi :

Ses dépenses pour le sémestre où il entrait. . .	1,000 rixd.
Échéance des deux billets à l'ordre de Frey et compagnie.	2,000
Intérêts de six mois à 2 1/2 sur 2,000 rixdalers.	50
Intérêts de six mois à 2 1/2 sur 3,050 rixdalers.	75
TOTAL.	3,125

Assis sur cet avoir, Schneider se considéra désormais (et
son génie ne le trompait pas) comme maître des capitaux
de la Suisse ; mais son ambition n'allait pas jusque là ; il ne
voulait que vivre agréablement, et être utile à son pays.

Le banquier Frey n'avait pas la plus légère inquiétude
sur les billets de Schneider ; mais celui-ci voulut profiter des
deux mois qu'il avait devant lui pour donner à son crédit
une vive et durable impulsion. Il se présente chez M. Frey,
et lui fait entendre que des intérêts, même de 5 pour cent,
sont lourds à payer ; que s'il pouvait entrer dans la convenance de M. Frey de recevoir immédiatement le montant
des deux billets à échoir, il les retirerait volontiers sous es-
compte. — Ah ! ah ! monsieur Schneider, vous entendez les
affaires, je le vois ; rien n'est plus sûr que d'escompter son
propre papier ; c'est une maxime de banque. — Si cependant cela gênait vos écritures.... — Point du tout ; mais je
ne consens qu'à une condition. — Quelle est-elle ? — Si
vous avez des besoins, je n'entends pas que vous tiriez d'une
autre caisse que de la mienne. Oh ! oh ! je ne l'entends pas.

Le problème était résolu ; Schneider jugea à propos,
pendant quelque tems, de diversifier habilement le choix
de ses prêteurs, afin d'étendre son crédit à toutes les
premières maisons de la Suisse. Ce fut l'affaire de trois

années, après lesquelles il se vit obligé de refuser les fonds
qu'on lui proposait. On conçoit cependant que durant ces
trois ans il s'était réellement endetté de 6,000 rixdalers ;
plus, des intérêts à 5 pour cent ; n'importe : son crédit était
fondé. Il avait limité ses dépenses annuelles à 2,000 rixdalers ; et, dût-il vivre soixante ans, il avait calculé que la Suisse
en serait quitte, au plus, pour une perte d'environ 200,000
rixdalers, ou un petit million de francs, que, par l'excellence
de sa vie, il aurait su rendre avec usure à sa patrie.

En effet, la conduite de Schneider était exemplaire. Comme
négociant (il l'était, puisqu'il avait des comptes courants
ouverts chez les premières maisons de la Suisse) , son exactitude était extrême ; il tenait lui-même ses écritures, et les
tenait en partie double. Chaque soir il faisait sa caisse, et ne
se serait point couché sans avoir trouvé *sa solde.* Son livre
d'échéances était un modèle de précision et de netteté. Il
ne connaissait rien de plus sacré que sa signature ; jamais
protêt ne la deshonora. Il s'était fait une impérieuse loi de
ne point dépenser un batz au-delà de son revenu. Sa probité
aurait frémi à l'idée de dépasser la petite liste civile qu'il
avait imposée à sa patrie.

Comme homme social, il était cité dans son canton. Il
avait fait bâtir une délicieuse maisonnette, où il avait salon,
salle à manger, bibliothèque, et chambre d'amis. Toute l'é-
nergie de la végétation helvétique se déployait dans son jardin, auquel attenait une modeste ferme où coulait en abondance un lait généreux, fourni par quatre vaches à courtes
cornes, que Schneider avait fait venir de la vallée de Gruyères. Homme moral, il faisait du bien autour de lui, et avait
même fondé des écoles d'agriculture et d'industrie ; exemple
mémorable, que depuis ont renouvelé avec tant de succès
deux bienfaiteurs de la Suisse, les dignes Fellemberg et
Owen, si souvent visités des voyageurs. Homme religieux,
Schneider remplissait exactement ses devoirs de chrétien ;

il restituait, en aumônes aux malheureux, une portion de son revenu de 2,000 rixdalers. Homme politique enfin, il se rendait exactement à la *landsgemeinde*; et, dans cette assemblée populaire, parlait d'une manière conforme aux intérêts du canton, et votait selon sa conscience.

Mais Schneider ne se dissimulait point que son état d'*homme comme il faut*, exercé pendant une cinquantaine d'années, occasionnerait, lors de sa mort, un échec d'environ un million à la richesse nationale de la Suisse. Sa probité était donc occupée des moyens de produire: ce n'était point assez de laisser à ses concitoyens un grand exemple de la puissance du crédit; il voulait encore créer ou féconder une branche d'industrie : il voyagea dans ce dessein. Ses regards s'arrêtèrent sur la vallée de Gruyères ; il y remarqua la beauté de quelques vaches ; il observa leur vie indépendante au milieu des gras pâturages ; il questionna longtems, dans le patois roman, les bergers des environs de Bulle; et s'assura que les herbages de Gruyères fécondaient le pis de la vache à tel point, qu'on en tirait des quantités de lait sextuples des produits ordinaires. Il reconnut que ces produits variaient selon les saisons ; qu'ils pouvaient s'élever, au printems, jusqu'à vingt-quatre pintes par tête de vache, à douze pintes en été, à six en automne ; enfin qu'une sage économie conseillait de cesser de traire pendant les trois mois d'hiver. Schneider tenta l'éducation d'un troupeau ; et, pour conserver ses trop abondants produits, conçut la riche pensée de ce célèbre fromage que l'Ancien et le Nouveau-Monde consomment aujourd'hui avec délices sous le nom de *fromage de Gruyères*. Bientôt les pâtres et les troupeaux envahirent de toutes parts la fertile vallée : la fabrication des fromages occupa toute une population laborieuse. Schneider venait de payer sa dette à sa patrie, et de rendre le globe entier tributaire d'une humble vallée de la Suisse.

Pouvait-il désormais se faire un scrupule de la dépense

des deux mille rixdalers qu'il avait prélevés chaque année
sur ses concitoyens ? Non, sans doute. Aussi le digne Schneider vit-il approcher sans effroi sa fin et le moment de sa
banqueroute. Comme il mourait tranquille et la conscience
pure, il voulut déclarer lui-même son honorable faillite, et
ne point laisser à un syndic le soin de convoquer l'assemblée
de ses créanciers. Il employa les derniers jours de sa belle
vie à mettre ses comptes en règle ; ses balances étant faites
et vérifiées, il reconnut qu'il devait 174,922 rixdalers, intérêts compris depuis cinquante ans (874,610 fr.) Ses créanciers étaient au nombre de deux cents environ. Il les con-
voqua pour le 6 Janvier 1684 ; ils ignoraient ce que Schneider avait à leur communiquer ; mais telle était leur estime
pour ce brave négociant, qu'aucun d'eux ne manqua à la
convocation.

.....Schneider était dans son lit ; son livre d'échéances était
à sa gauche, son journal de caisse à sa droite, et son grand
livre devant lui. Ses deux cents créanciers étant tous réunis,
il commença à s'excuser sur la faiblesse de sa voix, qui déjà
ne lui permettait plus de se faire bien entendre ; et, après
s'être un peu recueilli, tint à peu près ce discours à cette
imposante assemblée :

« Messieurs,

« Le grand livre de la vie va se fermer pour moi : voilà
» tout à l'heure soixante-et-dix ans que mon compte y est
» ouvert. Il ne m'appartient point de faire la balance de celui-
» là ; ce soin est réservé au Tout-puissant, qui tient registre
» de nos actions. Je le vois déjà prêt à entreprendre les ter-
» ribles additions de cet immense compte-courant, et je
» tremble d'apprendre de combien elles me constitueront son
» débiteur. »

(A ce touchant exorde, les mouchoirs des deux cents
négociants sortirent des poches, et se portèrent à leurs yeux,

où roulaient des larmes d'attendrissement. Le vieux Schneider continua :)

« S'il ne m'est point donné de compter avec le Créateur,
» il m'a du moins laissé la force et le courage nécessaires pour
» régler avec chacun de vous. Voici mon répertoire : vous le
» voyez, il est établi par ordre alphabétique ; il renvoie ex-
» actement au folio de mon grand livre, qui est coté, para-
» phé, selon les usages du commerce, et où chacun trouvera
» la solde qui lui revient. »

(Ici nouvelles larmes d'attendrissement.)

« Vous auriez tort de penser, Messieurs, que, comme dans
» les balances ordinaires, il y eût ici un *actif* et un *passif*. »

(Grand mouvement d'attention.)

« Ce ne serait-là qu'un inventaire comme vous en avez
» tant vus où l'on retranche le *doit* de *l'avoir*, pour laisser
» le surplus à des héritiers directs ou indirects. Je n'ai à vous
» présenter, hélas ! que du *passif*. »

(Mouvement de surprise de la part des deux cents négocians.)

« Ne craignez pas toutefois de recevoir trente pour cent,
» vingt pour cent ou dix pour cent de ce qui vous est dû :
» vous ne recevrez rien, absolument rien. »

(Ébahissement des deux cents négocians suisses.)

« Mon père le démocrate ne m'avait laissé pour tout bien
» qu'un cahier de constitutions. Pourtant il me fallait vivre ;
» je conçus la grande pensée *du crédit*. J'ai découvert qu'il
» se fondait sur la fidélité à payer les arrérages. Je vous ai
» tous fait servir de preuve à cette heureuse démonstration.
» Si elle vous laissait le moindre doute, je vous engagerais à
» jeter les yeux sur vos comptes courants, où je vous défie de
» trouver la plus petite erreur. Je ne sais ici ce que vous loue-
» rez le plus ou de ma découverte, ou de ma modération,
» lorsque vous songerez que je pouvais attirer à moi tous les
» capitaux de la Suisse, et que par mon exactitude à payer

» des intérêts que je puisais dans vos caisses, il m'était facile
» de faire en mourant une banqueroute de 20 millions. Ras-
» surez-vous, elle ne va point au-delà de 174,922 rixdalers,
» où, grâce à l'habileté de mon administration, vous entrez
» chacun pour une part à peu près égale. Je me suis fait un
» devoir, jusqu'à mes derniers momens, de manœuvrer mes
» emprunts de manière qu'au jour de mon décès, les 175,000
» rixdalers que j'ai perçues se trouvassent réparties sur un
» grand nombre de têtes, et sur les plus riches. Qu'est-ce
» que cette perte, Messieurs, en comparaison de l'admirable
» système de finances que vous venez de présenter à votre
» patrie ? Moi, chétif mortel, je suis condamné à vous faire
» banqueroute ; *mais la patrie ne meurt point*, et son immor-
» talité résout le sublime problème du crédit. Oui, Messieurs,
» la patrie peut emprunter indéfiniment. C'est pour elle une
» navette qu'il n'est pas donné à une main mortelle de faire
» tourner. Que la Suisse paie exactement les intérêts, et il
» n'y a pas de raison pour qu'elle n'absorbe pas quelque jour
» les capitaux du monde entier. Voyez maintenant si chacun
» de vous a payé trop cher cette découverte en l'achetant un
» millier de rixdalers. Vous concevez qu'après cette intaris-
» sable source de prospérité ouverte par mon exemple à la
» paisible Helvétie, il serait ridicule de vous entretenir de
» mes fromages de Gruyères. Si je m'étendais sur le bien que
» j'ai fait, j'arriverais, je le sens, à prouver que vous êtes
» mes débiteurs, et je préfère me séparer de vous avec la
» douce idée que nous sommes parfaitement quittes. J'ai servi
» d'exemple au riche ; j'ai aidé le pauvre ; je n'ai fait que dé-
» placer quelques-uns de vos immenses capitaux pour les re-
» porter vers des points où ils trouvaient un bon emploi. J'ai
» commencé le nivellement des montagnes d'or que la for-
» tune s'est plue à élever autour de nous. Elle était aveugle,
» je l'ai, pour ainsi dire, opérée de la cataracte. »

Ce discours si inattendu produisit dans l'assemblée des

créanciers des sentimens d'extase et d'admiration. Chaque négociant, en signe d'hommage et de reconnaissance, alla déposer au pied du lit de Schneider les derniers billets que ce digne citoyen avait souscrits; il leur présentait la plume, et chacun s'empressait de les acquitter. Après avoir réuni tous ces billets en un faisceau, il les souleva de ses mains défaillantes comme pour les montrer à l'univers, et rendit le dernier soupir en s'écriant : *Commerce de la Suisse, saluez le drapeau du crédit !*

Il est inutile de dire que le plus éloquent des deux cents négocians proposa une petite souscription pour élever un tombeau au digne Schneider. Elle fut à l'instant réalisée, et Schneider fut enterré sans pompe au pied du Bruning, qui sépare Underwald de l'Oberland.

A MADAME D'ER....

Qui me trouvait insupportable.

Vous me trouvez insupportable ?
Je le serai jusqu'au bout de mes ans
Car j'ai fait vœu de l'être tout le tems
Que vous serez aimable.

A. DREVEY.

SUR UN AVARE OCTOGÉNAIRE.

Quoi ! vous vivez encor, maître Harpagon ? — Sans doute,
Pour se faire enterrer je sais ce qu'il en coûte.

V. SIMON.

COUPLET

pour la fête de Mlle A***.

Toujours prévu par la tendresse,
Ce jour revient trop lentement,
Du bonheur et de l'allégresse
C'est le signal pour ton amant.
Il n'a qu'un mot, celui *je t'aime*,
Pour t'exprimer ses sentimens ;
Mais un amour toujours le même
Se peint-il en traits différens ?

I.

LE DUEL GASCON.

Deux fins bretteurs pleins d'assurance,
Pour venger une grave offense,
Étaient allés sur le terrain :
Déjà l'on était en présence
Et le combat allait bon train.
Sans cependant perdre la carte,
Ils se battaient si prudemment
Que tout en parlant, tierce et quarte
Ils ne se touchaient pas souvent.
Mais tout-à-coup le sang ruisselle,
Sur ses pieds l'un des deux chancelle
Et tombe, en criant : *Je suis mort....*
On accourt, il respire encor ;
On cherche à panser sa blessure ;
Mais c'est en vain, du haut en bas
Sur son corps on ne trouve pas
La plus légère égratignure.
Enfin l'un dit : De l'aventure
Bien à tort vous vous étonnez ;
Jetez les yeux sur sa figure,
Vous verrez qu'*il saigne du nez.*

Aug. V.

TOUS LES SAGES SONT DES FOUS.

Air du *Vaudeville de* Mme *Scarron.*

En chantant,
En riant
Passons notre vie ;
Tâchons de saisir
Le rapide instant
Du plaisir ;
Chérissons,
Caressons
L'amour, la folie,
Contentons nos goûts,
Tous les sages sont de vrais fous.

Ceux dont la Grèce s'honore,
Les Lycurgue, les Solon,
Mille autres fameux encore
Prêchaient par trop la raison ;
A leurs savantes séquelles
Je préfère Anacréon
Qui fit aimer les belles,
Le vin et la chanson.
En chantant, etc.

Laissons l'austère Lucrèce ;
Plaçant un peu bas l'honneur,
Pour nous prouver sa sagesse
Perforer son chaste cœur :
Vive une femme française ;
Elle craint peu les larcins,
En secret elle est aise
De trouver des Tarquins.
En chantant, etc.

Peste soit du philosophe
Qui gémit sur nos travers ;
Il ne voit que catastrophe
Et blâme tout l'univers.

Moi j'ai l'humeur plus traitable;
Quand je sable du vin vieux,
Amis, je trouve à table
Que tout est pour le mieux.
En chantant, etc.

Suppôts de la Médecine,
Noirs précurseurs de la mort,
Je ris de votre doctrine
Quand je sable un rouge bord :
Ce baume de longue vie
Est un remède certain ;
Pas une maladie
Ne résiste au bon vin.
En chantant, etc.

Lorsqu'enfin usés par l'âge
Mes membres s'affaibliront,
Je ferai le grand voyage
En philosophe bien rond.
Et sur les sombres rivages
Je veux qu'on grave ces mots :
Les joyeux sont des sages,
Les tristes sont des sots.
En chantant,
En riant
Passons notre vie ;
Tâchons de saisir
Le rapide instant
Du plaisir ;
Chérissons,
Caressons
L'amour, la folie,
Contentons nos goûts,
Tous les sages sont de vrais fous.

ÉMILE LEDO.

TABLE.

FIN.

DUNKERQUE,

Imprimerie de Vanwormhoudt, Imprimeur du Roi.

www.ingramcontent.com/pod-product-compliance
Lightning Source LLC
Chambersburg PA
CBHW070848030726
47504CB00005B/1256